山口仲美

千年たっても変わらない人間の本質

日本古典に学ぶ知恵と勇気

GS
幻冬舎新書
730

はじめに

この本は、現代の私たちが生きるための知恵と勇気を、平安時代の古典から学びとろうとする試みです。

平安時代の文学作品は、よく知られた馴染み深いものが多く、日本人の考え方や感性、そして知恵と勇気がたっぷり詰め込まれています。現代人の学べること満載です。

さて、本書は、二〇の章から成ります。それぞれの章は、次の三つの要素を含んでいます。

①まず、とりあげた作品や話が、どんなストーリーなのかを分かりやすく紹介します。

②紹介には、ところどころに、原文を入れて、古典の文章を味わいます。もちろん、現代語訳を付けておきましたので、全く古典に触れたことがない人でも、大丈夫。

③最後に、その話から、現代人に役立つ事柄を引き出します。

恋愛に戸惑っていたり、結婚生活に悩んでいたり、変人扱いされて困っていたり、部下を統率できずに悩んでいたり、そんな現代の人々に、古典が知恵と勇気を与えてくれます。

目次をご覧になって、お好きなところからどうぞ。ただし、作品名の下に番号がついている場合は、その作品については、番号順にお読みいただいたほうが分かりやすいでしょう。

では、古典がこんなにも身近だったかとびっくりなさるに違いない読書の旅に、「出発！」です。

千年たっても変わらない人間の本質／目次

DTP 美創

■表記上の約束

①古典の本文は、太字で示し、その後の（＝　　）に、現代語訳が入っています。「　　」に入っている古典の本文とその現代語訳も同様に扱います。

②古典の本文を示さずに、現代語訳だけを記すときは、「　　」に入れて記してあります。

③古典の本文の「ふりがな」は、歴史的仮名遣いに従ってつけてあります。

④古典の本文は、17番目の章にあたる『今昔物語集』（2）のみ、『新 日本古典文学大系』（岩波書店）を使用しましたが、その他は、すべて『新編 日本古典文学全集』（小学館）を使用しています。
ただし、漢字の当て方、送り仮名、句読点などについては、読みやすさを考えて著者山口が適宜変更を加えてあります。

⑤濁点表記については、著者山口の研究結果に従っている箇所があるので、④に示したテキストの本文とは違っていることがあります。

⑥現代語訳は、諸注釈書を参考にしながら、著者山口がつけたものです。

⑦和歌は、句ごとに少し空きを作り、読みやすくしてあります。

断り続ける裏には秘密が潜む
——『竹取物語』

まずは、みんなに親しまれている「かぐや姫」の話から始めます。かぐや姫の話は、いつからあるのでしょうか？　絵本で親しんできた話は、大抵、そんなことを考えずに読んでいますね。

実は、「かぐや姫」の話のルーツは、平安時代の初期に作られた『竹取物語』。『竹取物語』は、『源氏物語』で「物語の出《い》で来《き》はじめの親」と呼ばれています。つまり、『竹取物語』は、『源氏物語』より古く、物語の元祖なのです。

日本人が「かな」文字を作り出して、それまでに口頭で伝えられてきた物語を、文字に写し取り、そこに創作の筆を加えて出来上がったのが、『竹取物語』。一千年以上も昔にできた物語です。

さて、ストーリーを思い出し、かぐや姫にまつわる謎を解いていきましょう。

『竹取物語』は、こんなストーリー

竹の中から生まれたかぐや姫は、誕生時はわずか三寸（約九センチメートル）。三か月たつと成人し、光り輝く美女になる。目も眩むほど美しい女性という評判に、多くの男性たちが求婚してきた。でも、たいていの男性は、脱落。最後まで残った求婚者は、五人。石作《いしつくり》の皇子《みこ》、くらもちの皇子、右大臣の阿倍御主《あべのみう》人《し》、大納言の大伴御幸《おおとものみゆき》、中納言の石上麿足《いそのかみのまろたり》です。皇太子、大臣、大納言、中納言と位が高

図1　翁が、五人の貴公子に、かぐや姫からの難題を伝えている場面。（『図説日本の古典5　竹取物語・伊勢物語』集英社より）

く、経済力のある貴公子ばかりです。

かぐや姫は、彼らに難題を出し、解決できた人と結婚すると言います。ところが、全員難題解決に失敗。最後に天皇まで求婚しましたが、体《てい》よくあしらわれてしまった。そして、八月十五夜に、月の世界から迎えが来て、月に帰っていったというストーリーでしたね。

なんかロマンチックでいいなあと、子供の時は絵本を見てそう思っていました。でも、平安初期にできた『竹取物語』の原文に触れた時、「えっ、そうなの？　全然イメージが違う」とがっかりしました。なにしろ、かぐや姫の性格がかなり悪いのです！

偽物を持ってくると、無視

そう思える理由は、求婚者たちがかぐや姫の出した難題を、それなりに解決して来た時の彼女の態度にあります。その態度を、原文を交えつつ紹介してみます。

石作の皇子は、かぐや姫に天竺（インド）にある「仏《ほとけ》の御石《みいし》の鉢」を持ってくるようにと難題を出される。彼は、見通しのきく人間だったので、そんなものを持ってこられるはずはないと判断。それで、大和（奈良県）の寺にあるいい加減な鉢を持ってきて、かぐや姫に差し出した。かぐや姫は一目で偽物と見破り、石作の皇子につき返す。そして、石作の皇子が歌を詠んでよこしても、

　返しもせずなりぬ。耳にも聞き入れざりければ、

　（＝返事もしなくなった。耳にも聞き入れなかったので、）

です。ずいぶんはっきりした態度です。

競争心丸出しにする

次のくらもちの皇子に対する態度には、一層かぐや姫の性格が顕著に現れています。くらもちの皇子は、かぐや姫に「蓬莱山にある玉の枝」を持ってくるように言われています。

　くらもちの皇子は、策略をめぐらすのに長けた人だったので、探しに行かずに、腕のいい工匠を雇い、玉の枝をつくらせ、本物を装ってかぐや姫のところに持参。本物らしいという触れ込みを耳にして、かぐや姫はこんな態度を示しています。

我はこの皇子に負けぬべしと、胸つぶれて思ひけり。

（＝私は、この皇子に負けてしまうに違いないとふさぎこんでいたのだった。）

かぐや姫は、競争意識丸出しの強い性格なんですね。

さらに、かぐや姫を育てた翁《おきな》は、皇子と結婚してくれることを望んでいるので、かぐや姫に皇子との結婚をせかせる。その時の、かぐや姫の態度は、
物もいはず、頰杖《つらづゑ》をつきて、いみじく嘆《なげ》かしげに思ひたり。

（＝物も言わず、ほおづえをついて、ひどく嘆かわしそうに物思いに沈んでいる。）

ほおづえをついて、ふてくされた態度をとっています。

相手の失敗を大喜びする

ところが、玉の枝をつくったのに、お金を支払ってもらえない工匠らが訴え出て、それが偽物だと暴露される。すると、一転して、
かぐや姫、暮るるままに思ひわびつる心地《ここち》、笑ひさかえて、
（＝かぐや姫は、日が暮れるにつれて「皇子と結婚しなくてはならないか」と思い

悩んで苦しんでいた心がからりと晴れて、笑い転げて、）なのです。相手の失敗を大喜びしています。

阿倍の右大臣は、「中国にある火鼠《ひねずみ》の皮衣《かわぎぬ》」を持ってくるようにと言われ、中国の商人にお金を渡して、探させる。商人は偽物を渡し、さらに多くの金を要求します。阿倍の右大臣は、それも支払い、かぐや姫の邸宅に意気揚々とやってくる。

でも、その皮衣は、火にくべるとめらめらと燃え上がってしまう偽物であった。それを知って、阿倍の右大臣は真っ青になっている。対するかぐや姫は、「『**あな、嬉《うれ》し**』**とよろこびてゐたり**（＝「ああ、うれしい」と喜んでいる）」のです。

たまには相手が逆切れ

大伴の大納言は、かぐや姫に「龍の首にある五色に光る玉」を持ってくるように言われた。家来たちにそれを取ってくるように命じたが、家来たちは、下賜された物を受けとって、適当にずらかってしまった。

なかなか帰ってこない家来たちを待ちわびて、大納言は、みずから龍の首にある玉を取りに出かける。船に乗って、龍の棲むと言われる海に出た。ところが、大時化《おおしけ》に遭い、難破寸前。かろうじて播磨《はりま》（兵庫県）の明石に漂着。大納言は、腹が膨れ、両眼は李《すもも》を付けたように真っ赤にはれ上がっている。担架に乗せられ、呻きながら帰宅した。

　家来たちも、これならおとがめなしだと思って、大納言邸に戻ってきた。すると、大納言は、家来たちに言う、「おまえたち、龍の首の玉をよくぞ持って来なかった」「かぐや姫という大盗人《おおぬすびと》めが、人を殺そうとして、こんな難題を出したのだった。今後は、やつの邸《やしき》の辺りすらも通るまい」と。自ら難題を解決しようとして、ひどい目に遭った大納言は、逆切れして、かぐや姫から離れていった。

死んでしまうと、少し同情

　最後の石上の中納言は、「燕のもっている子安貝」を探してくるように言われ、自ら籠に乗って燕の巣に手を入れたまではよかったのですが、籠から墜落し、腰骨を折ってやがて死んでしまいます。

「これを聞きて、かぐや姫、すこしあはれとおぼしけり（＝これを聞いて、かぐや姫は少し気の毒にお思いになった)」なんです。相手が死んでも、かぐや姫はちょっとだけしか同情しません。かぐや姫の命令を律義に遂行しようとして死んでしまったのですから、もっと良心の呵責を感じてほしいなあと言いたくなります。

かぐや姫は、原文では、相手の失敗を見て喜び、相手が成功しそうになると競争心を丸出しにする。相手が有利になると、ふてくされる。相手が死んだ時だけは少し同情する。こんなふうに描かれているのです。

私は、原文を読んで、ショックを受けたのを覚えています。みなさんは、こういうかぐや姫の嫌な性格をあまり意識していなかったのではないでしょうか。

かぐや姫が、精神的に成長していく

こんなにすごい性格に描かれているのですが、後半になると、かぐや姫が少しだけ優しくなってきています。五人の求婚者が脱落したあと、天皇が登場します。

天皇は、使いをつかわして、かぐや姫を宮仕えさせるように仕向けますが、かぐや姫は例によって激しく抵抗。「**国王の仰せごとをそむかば、はや、殺したまひてよかし**

（＝私が天皇の御命令をそむいたということになるのなら、早く私を殺してください）」と言って、命を懸けての抵抗です。ここまでは、相変わらず強い性格丸出しですが、天皇があきらめた後では、天皇からの手紙にきちんと返事をし、その後も手紙のやり取りをしています。少し人間的な優しい対応に変わってきています。

　さらに、月の世界に帰る日が近づくと、かぐや姫は翁に向かって、優しい言葉を掛けています。「**ここには、かく久《ひさ》しく遊びきこえて、慣《な》らひたてまつれり。いみじからむ心地《ここち》もせず。悲しくのみある。**（＝この地上では、このように長い間滞在させていただきまして、親しくさせていただきました。ですから、故郷へ帰るといっても、うれしい気持ちも致しません。悲しい気持ちでいっぱいです。）」

　また、こうも言います、「**老い衰《おとろ》へ給《たま》へるさまを見たてまつらざらむこそ恋しからめ**（＝ご両親様が老い衰えなさる様子を見てさしあげられないことが、何よりも心残りでございます）」。今までのかぐや姫からは、想像できないような思いやりのある言葉を掛けています。

　かぐや姫が、精神的に成長しているのです。

かぐや姫は、なぜ性格が悪かったのか？

それにしても、なぜ、かぐや姫は、最初のうちは特に性格が悪かったのでしょうか？月を見ては泣くかぐや姫に、その理由を翁が尋ねた時に、かぐや姫はこう打ち明けています。

「おのが身は、この国の人にもあらず。月の都《みやこ》の人なり。それをなむ、昔の契《ちぎ》りありけるによりてなむ、この世界にまうで来《き》たりける。」

（＝「私の身は、この人間界のものではありません。月の都の人なのです。それなのに、前世からの因縁があったので、この人間界に参上していたのです。」）

ここで、初めて、私たちはかぐや姫が月の世界の住人だったことを知らされ、人間と結婚できないから、求婚者たちに情愛のある対応ができなかったのだと考えることができます。でも、それだけではないのです。かぐや姫は、人間界に遣わされた理由を「昔の契り（＝前世からの因縁）」などと、カッコつけて翁に打ち明けていますが、実はとんでもない過去を持っていたことが後に判明します。それは、月の世界から迎えに来た月の王が述べる言葉で明らかになります。

かぐや姫は罪人だった！

八月一五日になりました。月の世界から迎えの天人たちがやってきた時、翁は、天皇から賜った二千人の兵士で、かぐや姫を渡すまいと抵抗しますが、全く通用しません。するると、月の王は、翁に向かって、こう言います。よく聞いてください。

「かぐや姫は罪をつくりたまへりければ、かく賤《いや》しきおのれがもとに、しばしおはしつるなり。罪の限《かぎ》りはてぬれば、かく迎ふるを、翁《おきな》は泣き嘆《なげ》く。あたはぬことなり。はや返したてまつれ。」

（＝「かぐや姫は、天上で罪をつくりなさったので、このように賤しいお前のところにしばらくいらっしゃったのである。今、罪障が消滅したので、このように迎えるのだが、翁は泣いて嘆く。泣くにあたわぬことだ。早くかえしてよこしなさい。」）

「えっ、かぐや姫は、罪人《つみびと》だったの？」。私は、原文にある「罪をつくりたまへりければ」の語句に釘付けになりました。月の世界の人であるだけではなく、そこで罪を犯した人だったのです。だから、人間界に下ろされ、修業を積んで罪の償いをしなければならなかったのです。人間界は、彼女の罪の償いのための修業の場所でもあったのです。

かぐや姫は、人間界にいる理由を「昔の契り」なんて体裁のいいことを言っていますが、罪を償うためだったんじゃあないの！　私は、仰天してかぐや姫への憧れが一遍に吹っ飛んだのをよく覚えています。

でも、同時に冷たい性格だったかぐや姫が、最後には他者に対する思いやりを持つことができるようになっているのだから、修業の甲斐はあった、と納得もでき、かぐ

図2　月の世界から迎えが来た。育ててくれた翁と嫗（おみな）との別れを惜しむかぐや姫。天皇からつかわされた人々が応戦しようとするのだが、歯が立たない。（『竹取物語絵巻』勉誠出版より）

や姫が身近な存在になったのです。

いかがでしたか？　原典『竹取物語』は、絵本の『かぐや姫』とは、ずいぶん違った荒々しさを持った、日本初の物語文学です。

ここでは触れることができませんでしたが、私は、以前に「『竹取物語』と『伊勢物語』の言葉」（山口仲美著作集2『言葉から迫る平安文学2』、風間書房、二〇一八年一〇月にも収録）という論文を書き、『竹取物語』に使われている言葉が、ものすごく荒々しいことを指摘したことがあります。「**尻**」「**大盗人**《おほぬすびと》」「**奴**《やつ》」「**殺す**」「**かなぐる**」「**青反吐**《あをへど》」「**まる**（＝排泄する）」「**古糞**《ふるくそ》」などの粗野な言葉がぼんぼん出てくる作品なのです。『竹取物語』の原文は、意外に俗語が多く、身近で面白く読める作品です。

断り続ける裏には秘密が潜む

さて、最後に、『竹取物語』は、現代人に何を教えてくれるかを考えておきましょう。一言で言えば、『竹取物語』は、現代人に「断り続ける裏には秘密が潜む」という重大なことを教えてくれます。何人ものすばらしい男性からの求婚を拒み通したのは、彼女が月の世界の住人で、しかも罪人であったからです。ふつうに考えるとすごく理想的な状態になるのに、それを断り続けるという不可解な行動をとる時には、その人の背後に重要な秘密が隠されていることがあると教えてくれているのです。

たしかに、自分の過去を語らず、羨むべき状況が来ても、それに乗らない人には、重大な秘密がある場合がありますね。たとえば、生々しい例で恐縮ですが、殺人罪の時効直前で逮捕された福田和子。老舗の和菓子屋さんの店員として働いていた時のこと。ご主人に認められ、プロポーズされ、妻になるチャンスがやってきました。にもかかわらず、彼女はかたくなに断り続けていた。結婚届には、本名を記さねばならず、犯罪逃亡者であることが暴露されてしまうからです。老舗の御主人も、プロポーズした時には、彼女の過去や真の姿を一切知らなかったんですね。

語りたくない過去を持っている人は、大勢います。その過去が人に被害を及ぼさない場合は、何ら問題がなく、むしろそっとしておいてあげるべきです。でも、稀に、自分に被害が及ぶケースもあるので、不可解な現象がある時は、「ちょっと待てよ」と立ち止まって考える必要があるということです。

無理難題を出された時

さらに、『竹取物語』には、無理難題を吹きかけられた時の対処法が記されているので、現代人の役に立ちます。大きく見ると、三通りの対処法が示されていましたね。一つ目は、石作の皇子のように、出された課題は解決不可能であることを見通して、適当にお茶を濁す。つまり、基本的にはスルーしてやらないという対処法です。

二つ目は、くらもちの皇子や阿倍の右大臣のように、自分はお金だけ出して、他人にやらせて解決する方法です。この対処法は、資金が尽きたり、だまされたりするリスクがありましたね。

三つ目は、大伴の大納言や石上の中納言のように、自ら問題解決に挑む対処法です。このケースでは、本人に問題解決できる実力があればいいのですが、力不足で結果的には命の危機にさらされるというリスクがありました。

さて、あなたは、どの方法を取りそうですか？　私など、第三の方法を選んでしまいそうで、恐いですね。無理難題だと意識する力が弱く、まともにぶつかって行ってしまいそうな気がするのです。

落ち着いて考えてみると、そもそも無理難題なのですから、まともに解決できるはずがないのです。ですから、第一の対処法が無難です。問題に対する見通しを十分に検討し、解決不可能と判断したら、手を出さないのが、一番賢明ではないかと思えます。

生きるということは、いくつもの難題を乗り越えていくことなのですから、乗り越えるべき方法をいくつか知っておくことは重要なことです。特に、手を出さないという方法があることを意識しておくことは、大事です。

こんなふうに、古典は、生きるための秘訣をそっと教えてくれるバイブルです。

失恋の痛手をうけて死ぬ
——『伊勢物語』

ここで、取り上げるのは、『伊勢物語』。「ああ、色好みの在原業平の一代記ね」と言っていただけそうなほど、有名な作品ですね。平安時代初期に誕生。語り伝えられていた歌語《うたがた》りを、文字化し、さらに少なくとも三、四回の増補の過程を経て、現代のような形になったと国文学者の片桐洋一さん（『伊勢物語の研究』明治書院、一九六八年二月）は、推論しています。

コンパクトな散文部分に誘導されて、歌が感動の頂点になるように構成されている小話が一二五章段収録されています。その中から、とても短いけれどドラマチックな二四段を、まず取り上げましょう。

再婚の夜に、元の夫が帰ってきた

昔、一人の男が愛する女と一緒に片田舎に住んでいた。男は、宮仕えをしに都に行くといって、女と別れを惜しんで出かけたまま、三年間音信不通になってしまった。女は、待ちあぐねて、とても熱心に求婚してきている別の男に「今夜会いましょう」と再婚の約束を交わした。そこに、元の男が都から帰ってきたのです！　男は、「この戸を開けてください」とたたいたけれど、女は開けずに、歌を詠んで戸の隙間から男に差し出した。

あらたまの　年《とし》の三年《みとせ》を　待ちわびて　ただ今宵《こよひ》こそ　新枕《にひまくら》すれ

図3　別の男と再婚する日に、元の男が帰ってきて女の家の戸をたたく。（中野幸一編『奈良絵本絵巻集4　伊勢物語・富士の人穴』早稲田大学出版部より）

（＝三年の間あなたを待ちわびて、ちょうど今夜、他の男と初めて枕を交わすことになっているのです）

それを見た男は、こんな歌を返してきた。

あづさ弓《ゆみ》　ま弓《ゆみ》つき弓《ゆみ》　年《とし》を経《へ》て　わがせしがごと　うるはしみせよ

（＝年月を重ねて、私があなたを愛したように、新しい夫に親しんでくださいよ）

ああ、なんと優しい歌なのか！　「幸せになれよ」と、女に言ってくれているではないか。そして、男の立ち去ろうとする気配がする。女は、慌てて詠んだ。

あづさ弓　引《ひ》けど引かねど　昔《むかし》より　心は君《きみ》に　よりにしものを

（＝あなたのお心はどうであっても、私の心は昔からあなたにお寄せしていましたのに）

「私は、昔からあなたが好きだったのに」という言葉には、「でも、あなたはそれほど私を思ってはくれなかったわね」という、男への恨めしい気持ちがにじみ出ています。

女は、男を愛していたのです。

男を追って、どこまでも

男はあきらめて、女の家から踵《きびす》を返した。男の足音がどんどん遠ざかっていく。と、女の心には、突然「私がほんとに愛していたのは、この人だった」と切羽詰まった思いが胸をよぎる。

女は、家を飛び出し、男の後を追った。往来に出たが、男の姿は見つからない。女は夢中で去った男の姿を追う。ここにもいない。あそこにもいない。女は、男の姿を追って走り続ける。男はどこに行ったのか？

女は、とうとう男の姿を見失ったまま、清水のある所に倒れ臥してしまった。女は、指をかんで血を出し、そばにあった岩に、血で書き付けた。

あひ思《おも》はで　離《か》れぬる人を　とどめかね　わが身はいまぞ　消えはててぬめる

（＝私の愛に応じてくれることなく離れてしまった人を呼びもどすことができなくて、私の身は今こそ命が尽きてしまったようだ）

そう書いて、女はその場所で息絶えてしまった。

これで、この話はおしまいです。

他にもやりようがあったのでは？

現代の私たちは、この話を読むと、死んでしまう女に腹立ちを覚える人が多いと思います。たとえば、「男が帰ってきた時、女は、戸を開けて事情を聞くくらいの余裕があってもよかったんじゃあない？　男にだって、音信不通にならざるを得ない事情があったかもしれないじゃあない」と、女の性急な態度に不満を漏らすかもしれません。

また、「三年間も女を放っておいたのだから、元の男を追うのはそこそこにして帰ってきて、再婚してくれると言っている今度の男と何食わぬ顔で結婚すればそれですむのに、どうかしている」と考えるかもしれません。

あるいは、「死ぬほどの疲労感と絶望感に襲われる前に、男を追うのをやめて、帰ってきてから、新しい男と再婚するか否かなど、身の振り方を考えればいいのに」などと。

現代人の多くは、去っていった男を追って行って、死んでしまうような女の無鉄砲さに、同感できない思いでいっぱいになってしまうかもしれません。

女は、なぜ死んでしまったのか？

でも、そんなことを考えるのは、現代の現実的な生き方をしている私たちだからです。『伊勢物語』が、ここで言いたかったのは、死ぬほど深く思っていたのに、それが、自分の不手際のせいで、相手を失ってしまった時の絶望感だと思えます。

『伊勢物語』は、事情説明を一切しない作品です。ですから、読者が、ああかこうかと考える楽しさを存分に与えてくれます。

女は、なぜ死んでしまったのか？　考えてみましょう。普段走ったりしない女が、夢中で走り回って男を探したのですから、体力が限界に達していたということもあったでしょう。でも、それだけでは死にません。少し休めば、体力は回復しますから。

女は、失恋して、絶望の淵に立たされてしまったのではないか。つまり、精神的ダメージを受けて、生きる望みを失ってしまった。これが、女の死の本当の理由だと思えます。

三年ぶりに自分の所に帰ってきた男、夢にまで見た男、その男が、女の再婚直前に、突然目の前に現れたのです。女は、恐らく適切な判断も下せぬほど、激しく動揺した。体中にぶるぶる震えがくるほどの高ぶった感情に襲われたに違いありません。

そのため、女は、さまざまな誤った対応をしてしまった。戸を開けて、男に事情を聴くという分別も湧かないほど動揺した。そして、思わず、今夜、新しい男と再婚するなどと言ってしまった。でも、男の去って行く足音を聞いて、はっと我に返った。自分が愛しているのは、新しい男なんかじゃあない。新しい男は、熱心に自分に言い寄ってくれるし、生活も保障してくれるから、選んだにすぎない。そう思えた。

でも、もはや手遅れ。愛する男は、再び、そして、永遠に去ってしまった。当時は、現在のように、通信手段が発達していませんから、男を見失ったら、男と連絡をとる手段がなくなってしまいます。見失った男とは、もはや永久に会えなくなるということです。挽回のチャンスは、ないのです。

女は、身を切るような後悔の念にさいなまれ、失恋の痛手にたたきのめされた。女は、思いつめ、死しか考えられなくなっていた。去ってしまった男が、血で書いた女の歌をいつか見てくれることを願って、女は、命の絶唱を書きつけて死んだ。

私は、女が愛する男を失って死ぬところにこそ、『伊勢物語』の主張があると思うのです。自分の愛のかなわぬことを嘆きつつ、命の最後の炎で書きつけた歌こそ、記すに値するのです。

以上が、私の解釈。違う解釈があるかもしれません。なにしろ、『伊勢物語』そのものは、何の説明もしていないのですから。

失恋も、月日がたてば

そういえば、『伊勢物語』には、こんな失恋の話もあります。『伊勢物語』の四段。今度は、男のほうが失恋した話です。愛した女性が、地位を得て、元の家から姿を消した。男は、女と過ごした住まいに行って、女を思って泣き、こんな歌を詠んだ。

月やあらぬ　春やむかしの　春ならぬ　わが身ひとつは　もとの身にして

（＝月は昔の月ではないのか、いや昔のままの月だ。春は昔の春ではないのか、いや昔のままの春だ。それなのに、変わってしまった。自分の身一つは元のままだけれど、あの人はいない）

男は、一日中その家で女を思って過ごし、夜がほのぼのと明ける頃に涙をこぼしながら帰って行った。しみじみとした失恋の悲しみです。こうした心境になるには、失恋してから、ある程度の時間の経過が必要かもしれません。

性急な対応は、後悔を生む

さて、最初に紹介した『伊勢物語』二四段の話は、私たち現代人に何を教えてくれているでしょうか？

まず、愛情に関することは、『伊勢物語』の女のように性急に処理してはいけないということです。女は、三年間も放っておかれたことにいささか腹を立てていたのかもしれません。でも、人には、それぞれの事情があるので、男が三年間音信不通にならざるを得ない状況があったかもしれないのです。それをきちんと聞くべきでした。

男だって、説明したかったかもしれません。にもかかわらず、女は、戸も開けず、顔も見せず、ただ今夜再婚するという歌だけ戸の隙間から出す。こんな性急な対応は、後悔を残すだけです。

さらに、女は、男に去られて絶望し、命を断ってしまいました。すべて、激しく一途な対応でした。文学の世界だから、成り立つ話です。『伊勢物語』の女も、現実的に生きようとしたら、愛する男を途中であきらめて帰ってきて、身の振り方をもう一度しっかりと考え直したほうがよかったと思えます。

別れ際は、相手に思いやりを

それから、別れる時は、相手への思いやりをみせて、別れることが大事だということです。『伊勢物語』の三年待たせた男の去り際は、見事でした。女に「幸せになれよ」という意味の歌を詠んで、姿を消しています。

実は、去って行った男も、女を憎からず思っていたと察せられます。とにもかくにも女の所に帰ってきたのですから。でも、三年も女を放っておいて、いまさら女に「好きだ」なんて言いだせない。男は、潔く身を引く道を選んだのだと思えます。だから、この『伊勢物語』の話は、すれ違いの恋と言ってもいい側面を持っています。男も、「失恋」しているのです。

失恋してしまい、いかに悲しくても、相手に言ってあげましょう、「元気でな」とか、「自分も、頑張るから大丈夫！」などと。そして、気持ち良く別れましょう。あとで一人でおもいっきり泣けばいいのです。

失恋は、時間をかけて自分で癒す

最後に、失恋してしまったら、もはや相手を追ってはいけないということです。失ったものは、取り戻せないことが多いのです。

たとえば、お金はあるのに、婚約指輪をケチってしまい、ものすごく安い偽物で済ませた。もらった相手は、自分の価値を貶《おとし》められたように感じ、何も言わずに去って行った。もはや、相手の気持ちを取り戻すことはできません。決定的なミスです。反省して、次の新たな出会いに生かすしかありません。

失恋を癒すには、時間がかかります。『伊勢物語』二四段の女のように性急に思い詰めると、死に至ってしまいます。『伊勢物語』四段の男のように、かつて女と過ごした所に行ったりしているうちに、いつしか思いが昇華され、いい思い出になっていくはずです。その間に、あなた自身も成長している。人生に無駄なんてないのです。

「目には目を」は、緊張関係をもたらす
──『蜻蛉日記』(1)

『蜻蛉日記』に注目しましょう。平安時代の中期、一〇世紀の後半に書かれた日記文学作品です。内容的にも文章的にも『源氏物語』に大きな影響を与えています。

作者は、藤原道綱《みちつな》の母。名前は分かっていません。当時の女性の実名は、特別に社会的地位の高い女性以外は、不明です。ですから、彼女は、藤原兼家《かねいえ》と結婚し、道綱を生んだので、道綱の母と呼ばれているわけです。南北朝（一三三六年〜一三九二年）の後期にできた諸系図の集大成である『尊卑分脈』で、「本朝三美人」の筆頭にあげられていますから、美人だったと思われます。

藤原兼家が彼女と結婚しようと思ったのも、美人の誉れが高かったからに違いありま

せん。兼家は、かの有名な道長《みちなが》の父親で、権勢があり、太政大臣まで上り詰めた男です。そんな男性の妻の一人になれたのですから、作者のような中流貴族階級の女性だったら、文句がない。兼家が、自分のところに通ってくれるだけで、鼻高々というケースです。

図4　江戸時代の浮世絵師・八島岳亭によって描かれた『蜻蛉日記』の作者・藤原道綱の母。車に乗っているのが作者。ハーバード美術館所蔵。（https://harvardartmuseums.org/collections/object/ 207839）

私だけを愛して！

にもかかわらず、彼女は大いに不満です。その夫婦生活の不満と悩みを赤裸々に綴ったのが『蜻蛉日記』。当時は、正確に言うと、一夫一妻多妾制（一人の夫は、一人の正妻のほかに、複数の妾妻を持つことができる制度）です。だから、夫が他の女性のところに通っていくのは、許されている。でも、彼女はそれが面白くない。夫が自分のところだけに頻繁に通ってくれないと、すねる、怒る。そして、その感情をストレートに夫にぶつける。現在の一夫一婦制でのみ可能になることを、作者は一夫一妻多妾制下で求めた。だから、現代でも共感をよぶ日記になっているのです。

上・中・下の三巻から成っていますが、この章で取り上げるのは、夫との間でバトルの繰り広げられている上巻・中巻の内容。下巻は、ちょっと色合いが違って、結婚生活に苦しんだ末に到達した新境地です。それもなかなか味がある。そこで、下巻は、次の章で新たにテーマを設定して取り上げることにします。

さて、作者は夫との間で、どんなバトルを繰り広げたのか?

夫が他の女性のところに通い始めている

兼家と結婚してすぐに、作者は妊娠し、道綱を出産した。まだ、結婚生活は一年たつかたたないかの時期なのに、夫は新しい女のところに通い出した。作者が文箱を何気なく開けてみると、他の女にやろうとした手紙が出てきたではないか。夫を責めても、何食わぬ顔でやり過ごす。夫は、自分くらいの地位と経済力があれば、通いどころがいくつあってもおかしくないと思っている。女は、おまえだけではないという意識です。

でも、作者は許せない。それにしても、その女はどんな女なのか？　女の家をつきとめずにはいられない。夫の行く先を従者に見届けさせ、その女の住まいをつきとめた。「町の小路に住む女ね。大した女じゃないわね。そんな女に夢中になるなんて」。作者のプライドは、余計に傷つきます。自分の嫉妬心が及ばないほど、高貴な女性であればあきらめもつくからです。

燃え上がる作者の嫉妬心などにお構いなく、夫は、平気な顔で作者の家にも通ってきます。「家に入れてやるもんか！」。作者の持ち前の激しい気性が火を噴きます。

夫を家に入れない

夜明け前のまだ暗い時刻に、夫が、作者の家の門をたたく。つらくて、門も開けさせずにいると、夫は、例の女の家の方に行ってしまった。このままでは引き下がれない。恨みの一つでも言わなくては。そして、翌朝、作者は、次のような歌を書いて夫に送る。

なげきつつ　ひとり寝《ぬ》る夜《よ》の　あくるまは　いかに久《ひさ》しき　ものとかは知る

(＝嘆きながら一人で寝る夜の明けるまでが、どんなに長くつらいものだとはお分かりにはなりますまい！)

この歌は、百人一首にもとられている名歌ですから、ご存じの方も多いでしょう。その後も、夫は、作者にいくら責められても平然と女のところに通っていく。のみならず、作者の心を逆なでするような行動をとります。夫も、負けていません。夫の仕返しとは？

夫が、作者の家の前を素通りする

町の小路の女が兼家の子を出産する予定日近くになった時、夫は、こんな行動をとります。原文で示しておきます。

ひとつ車《くるま》にはひ乗りて、一京《ひときやう》響きつづけて、いと聞きにくきまでののしりて、この門《かど》の前よりしも渡るものか。

(＝女と一つの車に乗り込んで、京都じゅう響き渡るぐらいに車をたくさん連ねて、聞くに堪えないほど騒ぎ立てて、こともあろうに、私の家の門の前を通って行くではないの！）

原文にある文末の「ものか」にご注目。「そんなのあり？　ひどすぎる！」という相手をなじる気持ちの時に使う言葉です。夫の嫌がらせも相当なものです。作者の家の侍女たちも「ほんとに胸が張り裂けそうですね。道はいくらでもあるのに」と言い立てている。それを聞くと、作者は死にたいと思う。

夫から頼まれた仕事を突き返す

そんな作者の気持ちにお構いなく、夫は作者の家に平然とやってくる。でも、作者の機嫌の悪さに閉口して帰っていくことが度重なった。

にもかかわらず、夫は、作者に仕立物を依頼してくる。当時、妻となっている女性たちは、夫からの仕立物の依頼をうけ、仕立ててやるのが、仕事の一つ。作者は、どうするのか？　作者は、仕立てるどころか、反物のまま、夫に突き返したのです。普通はできない対応です。癪《しゃく》に障《さわ》ると思っても、仕立ててあげるのが普通です。作者の仕打ちに夫も怒る。二〇日以上も、作者のところには音信不通。

それでも、折れたのは夫のほうです。「あなたがはっきり来いと言ってくれれば行くけれど」と言ってきたのです。侍女たちのとりなしで、作者は夫を迎え入れ、二人の仲はなんとか戻り始めました。さらに、あれだけ時《とき》めいた町の小路の女だったが、生まれた子が亡くなってしまい、女は夫の寵愛を一気に失い、夫は以前と同じように作者のところに通ってくるようになりました。そして、次のような愛の高まりの時期も訪れました。

夫は、作者の家に来ていた時病気を発症し、作者に見送られて心細そうに自宅に帰る。病気がよくなってきた頃、夫は、作者だけを自宅に呼び寄せ会ってくれたので、作者は大満足。自分だけが特別に誰よりも愛されているとい

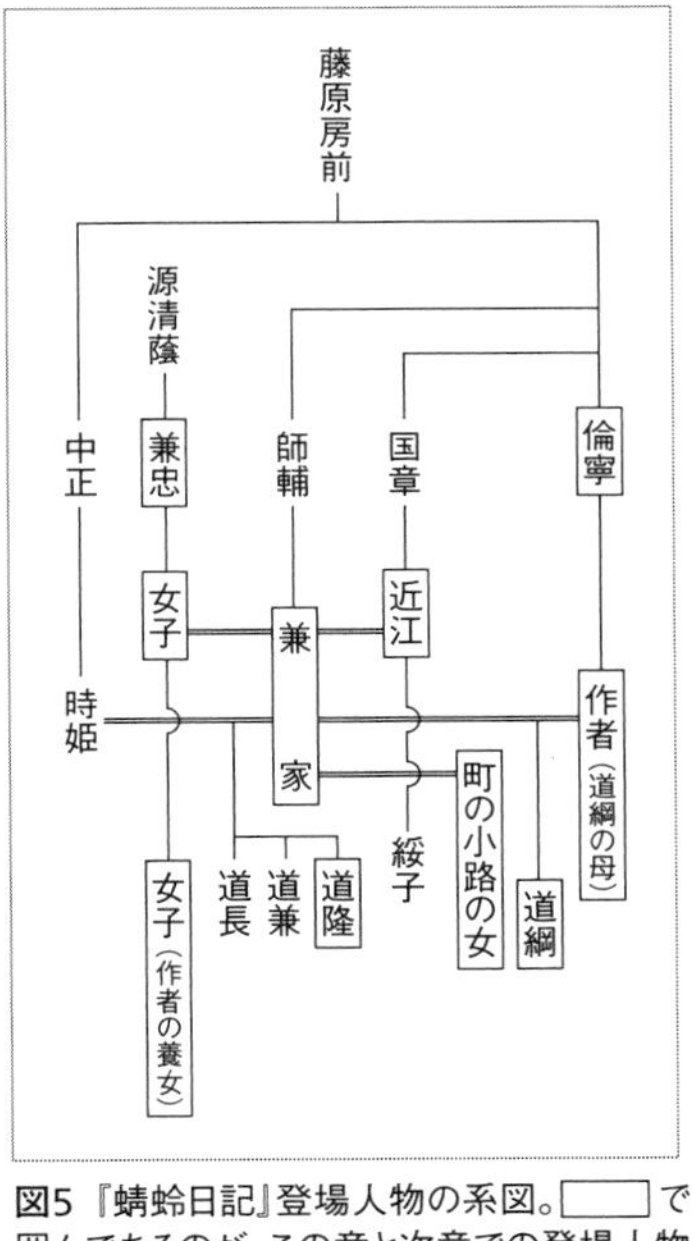

図5『蜻蛉日記』登場人物の系図。□で囲んであるのが、この章と次章での登場人物。

う実感が持てたのです。作者の独占欲が満たされたわけです。夫婦仲は、かなり良くなりました。おそらく、この頃が生涯で一番幸せを感じた時期ではないかと察せられます。

三十日三十夜はわがもとに！

新年になった時、そばで寝ていた妹が寿《ことほ》ぎの歌をとなえ、願い事をする。作者も面白くなって言う、「私だったら、『**三十日三十夜《みそかみそよ》は、わがもとに**（＝三十日三十夜は、すべて私の家に通ってきて）』ってお願いしたいわ」と。夫が毎日自分のところに通ってくる。これが作者の強い願いです。

一夫一妻多妾制下にあれば、多くの女性は、毎日なんて望むべくもないとあきらめ、来てくれたらそれこそ大歓迎です。でも、作者は違う。一夫一妻多妾制なんかなんのその、彼の愛情を独占しなければ気が済まないのです。

妹が、兼家さまにそれを伝えるといいと提案。作者もそれを書き送った。すると、兼家は、忙しいのに返事をくれた。

年ごとに　あまれば恋ふる　君がため　うるふ月《づき》をば　おくにやあるらむ

(＝あなたの言うように三十日三十夜では、あなたの恋心が年ごとに余るので、あなたのために閏月をおいているんだろうかね)

夫に一本取られました！　当時は、月の満ち欠けによって日にちを決める太陰暦。端数が出るので、一年の長さを調節するために閏月を設けます。夫はそれをうまく使ったのです。兼家は、磊落《らいらく》で頭の回転のいい男なのです。

作者の家の前を頻繁に素通り

こんな甘いやり取りもあったのですが、それはつかの間。夫は、また、他の女性・近江《おうみ》という女を愛し始めた。独占欲が強く面倒くさい作者のもとには、とんとご無沙汰。一か月以上もやってこないこともあった。新年の挨拶にさえやってこない。作者はしきりに寺詣でをして、夫婦仲の修復を願いますが、それもむなしい。

のみならず、夫は、愛し始めた近江に夢中。そして近江の家に行くのに作者の家の前をまたまた頻繁に素通りしていく。その様子をちょっと原文で紹介しましょう。原文が面倒な方はすぐ後ろの現代語訳をどうぞ。

「おはしますおはします」と言ひつづくるを、一日《ひとひ》のやうにもこそあれ、かたはらいたしと思《おも》ひつつ、さすがに胸走《むねはし》りするを、近くなれば、ここなるをのこども、中門《ちゅうもん》おし開《ひら》きて、ひざまづきてをるに、むべもなく引き過ぎぬ。今日《けふ》まして思《おも》ふ心おしはからなむ。

（＝「殿がおいでです、おいでです」と侍女たちがしきりに言うけれども、先日のような素通りもあったがと思いながら、それでもやっぱり胸がドキドキするが、行列が近づいて来たので、召使の男たちが中門を押し開いてひざまずいているのに、案の定素通りしてしまった。今日は、前にもましてどんなにつらい思いをしたか察してほしい。）

夫は、作者の家の前をわざわざ通って近江のところに通う。作者の気持ちはずたずたです。少し遠くなっても別の道を通っていくのがせめてもの思いやりです。でも、この夫婦は違うのです。やられたらやり返す。なにやら、少し前のヒット映画『ローズ家の戦争』を思い出させます。

作者の家に仕える侍女たちや男たちは、作者と一心同体です。ああよかった、殿がお見えになったと思って、門まで開け、ひざまずいているのに、その前を素通り。作者としては、彼らに対してまで、カッコ悪さを知られてしまって、面目丸つぶれです。それも一回ではないのです。「一日《ひとひ》のやうにもこそあれ（＝先日のような素通りもあったが）」とありますから、既にこういうことがあったのです。この記述の後にも、生々しい素通りが描かれています。くりかえされる素通り。作者は、そのうちに、車の音さえ聞くと、胸が「**つぶつぶ**（＝どきどき）」鳴るようになり、そのつらさは極限に達します。

寝室でやり返す作者

さすがに兼家は気になったのか、作者の家にやってきた。でも、作者は寝室に入っても、「**石木《いはき》のごとして明かしつれば、つとめて、ものも言はで帰りぬ**（＝岩や木のように感情を押し殺し、身を固くして夜を明かしたので、夫は物も言わずに帰っていった）」。

作者も相当なものです。怒りを全身で表し、夫に対抗しています。夫も怒って帰ります。でも、夫は、そんな作者の対応を無視して、仕立物の仕事を頼んでくる。作者は、これも仕立てずに、反物のまま突っ返す。

鳴滝籠りで夫への気持ちを断ち切ろうとする

夫は、近江と結婚したという噂が作者の耳にも入る。作者は、いたたまれないほどの苦痛を味わう。近江のところに通う車の音なんて聞きたくない。屈辱的な夫の車の素通りを味わわないで済む世界に行きたい。

作者は、京都にある鳴滝の般若寺にこもってしまった。寺にこもると、夫は、妻に出家でもされたら大ごとになるので、駆けつけてきた。でも、作者はそこを動こうとはしない。夫は、ひとまず帰ったが、そのあと、夫の使い、親族、知人などが次々にやってきて下山を勧める。夫の腹違いの息子・道隆《みちたか》までやってくる。

夫が二度目の迎えにやってきた。動こうとしない作者を、夫は「道綱に任せる」と言って帰ろうとする。道綱は半泣き状態で、作者の手を引き、父の後を追う。作者も道綱に手を引かれ、夢の中にいるような気持ちで、夫の車に乗って帰宅する。夫は、道中の車の中で、冗談を連発。同乗者はみな笑うが、作者はおかしいのをこらえて、取り澄ましている。

この大騒動の後、夫は、七、八日に一回くらいのわりで、作者の家に通ってくる。夫の気持ちは、もはや近江に行っている。自分のところには、義理で通ってくるように思える。夫婦の間にできた溝は、深く大きく口を開けたまま、中巻はおわります。その後、二人の関係は、どうなるのか？　それは、この次の章で述べます。

「目には目を」は、緊張感を高めてしまう

さて、『蜻蛉日記』の上巻・中巻は、現代の私たちに何を教えてくれたでしょうか？

第一に、やられたらやり返すという対応は、互いの緊張感を高めるだけで、まずい対応だということです。作者は、もっと柔軟な対応をしなければならなかったと思いませんか。

たとえば、通ってくれないのに、仕立物だけ頼むのはけしからんといって、それを突っ返すのは、角張りすぎていますね。仕立物を頼んできたら、癪に障る気持ちをひとまず抑え、仕立ててあげる。その仕立て物に、手紙やメモを添える。「今度はあなたがい

らしてくださいね。仕立物だけ来るのは、寂しすぎます。あなたも一緒でないと」などと書いて。それを見て、相手は「行ってあげなくっちゃ。こんなにきれいに仕立ててくれたし」という気になったかもしれないではないですか。コミュニケーションのチャンスととらえて対応すればよかったのです。

また、せっかく来たのに、相手を追い返すのは、もったいない。相手に怒りの気持ちしか起こさせません。まして、寝床に入っても指一本触らせないというのは、相手を「二度と来るもんか」という気持ちにさせてしまうだけです。意固地な態度は、間柄を悪くするだけです。

さらに、鳴滝籠りをしてしまうよりも、「あなたが私の家の前を通り過ぎるのは、つらすぎます」ときちんと訴えたほうが、うまく解決できたように思えます。

「目には目を」の対応は、関係を悪くする作用しかもたらしません。

独占欲は、ほどほどに

つぎに、相手を独占したいという欲望は、ほどほどにすべきだということです。

一夫一妻多妾制下にあって、作者のように、夫の愛を独り占めにしたいという気持ちが強すぎると支障をきたしましたが、現代でも、どちらかの独占欲が強すぎることは、スムーズな結婚生活を破壊します。相手の気持ちが常に自分に向かっていないと気が済まないという状況をつくるからです。

人には、それぞれの価値観があり、趣味があり、楽しみ方があります。独占欲が強いと、そうした個人の自由まで、奪い、むりやり自分のほうにだけ注意を向けさせようとしてしまいます。過度な独占欲は、相手に苦しみを与えるだけです。相手が好きなことをできる余裕を互いに与え合わなければ、結婚生活はうまくいきません。

現代においては、互いに、①柔軟な態度を心がけること、②独占欲をほどほどに抑えること、これが、結婚生活を快適にするポイントです。『蜻蛉日記』上巻・中巻は、そんなことを現代人にアドバイスしてくれます。

諦念のもたらす安らぎ
——『蜻蛉日記』(2)

ここでは、『蜻蛉日記』の下巻がターゲットです。前章の上巻・中巻では、一夫一妻多妾制下での夫婦の激しい応酬を見てきました。もはや修復不可能なほど、夫婦間に深い溝が横たわっていました。そこまでいけば、離婚に進んでしまいそうです。ところが、下巻では、思わぬ方向に展開していきます。作者が、夫との間に距離を取って対応することができるようになったのです。いわゆる「諦念」が彼女に訪れたのです。それは、さんざん悩み苦しんだ人にのみ訪れるあきらめの境地です。

一体、そのような境地をどのようにして手に入れたのか？　その境地に達した時に、夫との関係はどうなったのか？

きっかけは鳴滝籠り

中巻の最後に出てきた作者の鳴滝籠りは、家族、親戚、知人をも巻き込んだ大騒動でしたが、確実に彼女の心境に変化をもたらした事件です。いろんな人と話し合い、勤行《ごんぎょう》をしているうちに、独りよがりな考え方が是正され、物事を多少なりとも客観的に眺められるようになったのだと察せられます。

鳴滝籠りから強引に夫に連れ戻された作者ですが、夫の心はもはや自分には戻ってこないことを悟ります。作者は、父に誘われて一緒に初瀬（長谷寺）詣でに行き、そこでも、昔、夫と楽しく過ごしたことを思い出し、涙を浮かべながら一晩中起きています。

家に帰っても、夫は、七日か八日に一度というくらいにわずかに通ってくるだけ。夫は作者に「雨蛙（「尼帰る」の意味を掛ける）」というあだ名をつけて、作者をからかっています。夫は、快活豪放な人なのです。作者のところに二〇日以上も顔を見せない時もある。そのたびに作者は、夫と仲の良かった昔を思い出している。夫とのことが昔の思い出になりつつある。ということは、作者の中で夫との関係が清算されつつあるということです。

鳴滝籠りは、作者にとって心境の一大転機をもたらしたのです。その証拠に鳴滝籠りから半年がたった天禄三年（九七二年）のお正月から下巻が始まりますが、その冒頭に次のようにあります。

年が明けるとともに心境の変化

ことしも、憂きもつらきもともにここち晴れておぼえなどして、

（＝まるで、悩みも、相手を恨めしいと思う気持ちも、きれいさっぱりなくなり、晴れやかな気分になったような気がして、）

お籠りした後に訪れた一種の諦念です。さらにこんな決心もしています。

今《こ》年《とし》は天下《てんげ》に憎《にく》き人ありとも、思ひ嘆かじなど、しめりて思へば、いと心やすし。

（＝今年はこの上なくあの人が憎らしい振る舞いをしても、嘆くまいなどとしんみり思っているので、とても心穏やかである。）

作者は悟ってきたのです。相手への執着心を抑え、静かに生きる。結婚生活一八年目にして訪れた心境です。

夫は、ますます地位が上がり、大納言になり悠然たる風姿を見せている。その衣装は、作者が染めたものである。作者は、夫からの仕立物や染色などの依頼も、突き返すことはしなくなっていた。きちんと仕事をして、手紙を付けて送り返す。

夫の足が遠のいていても「**いまはものともおぼえずなりにたれば**（＝今はもうつらいとも何とも思わなくなっているので）」という心境です。とはいっても、悟りきったわけではないので、時折、心のさざ波は起こっています。

作者は、夫への関心を断ち始めると同時に、夫以外の人間に興味の対象をひろげています。それは、養女と息子のことです。

養女を取ろう

兼家と結婚してすぐに生まれた道綱は、今や一八歳。彼の将来の出世を願う気持ちが大きくなってきました。作者の強い関心の対象に、息子がようやく入ってきたのです。

さらに、作者は、養女を取ろうと思い始めました。自分には子供がたった一人。しかも男の子。女の子を養女にして、息子とも仲良くさせ、自分の最期も看取ってもらおうという気になったのです。

養女は、誰にするか？　作者は、この上なくうまい人選を行なっています。夫がかつて通ったけれど、それっきり捨ててしまった女性の生んだ子を選んだのです。その女性は、源宰相兼忠の娘で、今や貧しい生活をしています。作者からの申し出に喜んで自分の娘を差し出しました。作者は夫には知らせずに一人で事を進めました。養女にするためのさまざまな手続きをしているうちに、作者の心はさらに解き放たれていきました。

夫は、そのことを知ると、興味津々で、放りっぱなしにしていた娘との対面を望みます。父娘の対面は、なかなか感動的。娘は、とても小柄で子供っぽい。髪は美しく、姿が上品。夫は、こんなになるまで知らずにいたと言って涙をこぼす。娘も、どう思っているのか分からないけれど、うつぶして泣いている。周りにいた人たちも、まるで昔物語にでもあるような話なので、みんな泣く。作者も、何度も何度も袖で涙をぬぐう。

作者の賢い計らいは、夫を再び作者のところに引き寄せた。夫は以前よりもずっと作者に対して親切になっていた。養女という一つの対象を作者と一緒に眺めることができるようになり、二人の間で連帯感が持てたのです。

息子の恋人探し

さらに、作者には、もう一つの興味の対象があります。息子道綱の結婚相手探しです。道綱は、知足院にお参りに行く作者の旅についてきて、その時に見つけた女と手紙のやり取りを始めました。なかなかうまくはいきませんが、手紙のやり取りは続いている。作者は、二人の恋の行方を追っている。

石山寺で出会った法師から、奥様のために祈願しますと言ってきたのに対しても、こう返事をしています。

「いまは、かぎりに思ひはてにたる身をば、仏《ほとけ》もいかがしたまはむ。ただ、いまは、この大夫《たいふ》を人々しくてあらせたまへなどばかりを申したまへ。」

（＝「今は、もうこれ以上どうにもならぬとあきらめている私のことは、み仏もお手のくだされようもないでしょう。ただ、今は、この大夫（道綱）を一人前にしてくださいますようとだけ、お祈りください。」）

自分のことは、もう視野の外、息子の幸せに作者の視線が注がれています。

憎らしい、ひどいと責めてくれ

そんな作者の諦念を、夫も感じ取ってこんなことを言ってきます、「すごく気がかりな夢を見たよ。ともかくそっちに行くよ」と。それに対し、作者は物も言えず黙っていると、

「などか、ものも言はれぬ」とあり。「なにごとをかは」といらへたれば、「などか来《こ》ぬ、問はぬ、憎《にく》し、あからしとて、打ちも抓《つ》みもしたまへかし」と言ひつづけらるれば、「聞こゆべきかぎりのたまふめれば、なにかは」とてやみぬ。

（＝「どうして何もおっしゃらないの」と、夫が私に聞く。私が「何を申し上げることがありましょうか」と答えると、夫は「どうして来ない、便りをくれない、憎らしい、ひどいと言って、僕を打つなり、つねるなりなさいよ」と言い続けられるので、「申し上げるべきことはすべておっしゃったようですから、それ以上、何を申し上げることがありましょうか」と言って、おしまいになった。）

夫は、作者が以前のように、厳しく自分を追及してこないことが物足りなくなり、心配にもなったのです。妻はもう自分に興味を失ったのではないかと。相手がわずらわしいほど、自分を責め立てていた時にはうるさいなあと思っていたのに、逆に相手が自分を責めなくなると、物足りなくなる。

作者は、夫がやってくると言っていた日にちにやってこなくても、「**いまはなにごともおぼえず**（＝今はもう何とも思わない）」と、諦念の境地に達しています。

夫が頻繁にやってくる

すると、皮肉なことに、夫は割合頻繁にやってくるようになる。お正月の「**五日ばかりのほどに昼見え、また十余日《とをかよか》、二十日《はつか》ばかりに人寝《ね》くたれたるほど見え、この月ぞすこしあやしと見えたる**（＝夫は五日ごろの昼に姿を見せ、また一〇日過ぎに来、二〇日ごろに、みんながしどけなく寝入っているときにやってくる。この月は、少し変だと思うぐらいに姿を見せる）」なのです。自分の心が凪いでいると、相手の心も和み、作者のところに来やすくなるのです。

作者は、夫から距離を置くと、いろんなものが見え始めました。夫が立派になっていくのに対し、自分の容色の衰えが気になります。また、身分の違いも意識されます。
彼女は、あきらめと同時に客観的にものを見る姿勢もいつしか身につけていきました。夫は、和歌の上手な作者に、和歌の優劣の判定まで頼んできます。作者は、偉そうに判定しないで、何気ない言葉でそっと判定して送っています。

夫から離れた住まいに移る

この頃から、作者は、自分の老後のことを考え始めていました。正妻になれなかった自分では、夫に頼って生きることは期待できそうもないからです。ちょうど、父親が京都のはずれにある自分の家に来るように誘ってくれたので、転居することにしました。

夫に知らせようとしたけれど、夫は物忌み中。作者は、夫に知らせることなく、父の家に引っ越してしまいました。夫がやってくるにはやや遠いところです。案の定、夫の足は、全く途絶えてしまった。けれども、夫からは相変わらず仕立物をしてくれと言ってくる。もちろん、本人が来ることはないけれど、仕立てて送ってあげる。

でも、夫も、一一月二三日の賀茂の臨時祭の時にこんなことをしてくれた。道綱が急に舞人に指名された時、心配して、舞の衣装を用意して送ってくれ、舞の稽古も付けてくれた。

祭りの当日、作者は息子の舞を見ようと車に乗って出かけた。すると、偶然夫の車の横にいたのである。道綱は上手に舞い、多くの人から声を掛けられていた。身分ちがいであるために夫の傍《そば》に近寄ることができない父親を、夫は、特に呼び出して、盃を酌み交わしてくれた。作者はそれを見て、こう記しています。

ただその片時《かたとき》ばかりや、ゆく心もありけむ。

(＝私も、そのほんのちょっとの間だけは、満ち足りた思いがしたのであったろうか。)

図6　道綱が賀茂の臨時祭の舞人に指名された。図のような衣装を着て踊ったと察せられる。(「日本服飾史」https://costume.iz2.or.jp/costume/453.htmlより)

おぼろな書き方をしていますが、作者は、うれしかったのです。あれほど、悩み苦しんだ結婚生活も、相手に対する諦めの念を抱いてから、作者はようやく安らぎを得、最後は夫に感謝の念すら抱いています。

日記は、このあと、息子の官位昇進、養女への求婚など、子どもたちの動静を描き、一か月後の一二月三一日の追儺《ついな》（大晦日の夜に行なう災難を除くための儀式）で幕を閉じています。

悩み・苦しみから脱却するには

『蜻蛉日記』下巻は、私たちに何を教えてくれているでしょうか？

まず、悩み・苦しみからいかに脱却し、諦念に達し、安らぎを得るかという方法を教えてくれています。作者ほど、一夫一妻多妾制という制度の中で夫の愛を独占しようとして、もがき苦しんだ女性はいません。

それが、寺にこもるという騒動を起こしたことがきっかけになって、多くの人と出会い、話し合うことによって、視野狭窄《きょうさく》に陥っていた状態から脱する糸口を摑《つか》みました。

さらに、息子や養女という新しい対象に目を向けることによって、視野が広がり、自分の置かれている状況を客観的に把握でき、諦念が生まれた。すると、夫の一挙一動にさほど左右されることなく、心が凪いできたのです。

つまり、一人で悩んでいるのではなく、人に悩みを聞いてもらい話し合うこと。さらに、相手にばかり期待することをやめ、新しく興味の対象を見つけ、自ら行動すること。この二つのことを行なうと、悩みから脱却でき、安らぎが得られるということを示唆してくれています。

夫婦関係を円滑にするには

さらに、どうしたら、夫婦の間柄がしっくりといくのかを伝授してくれています。それは、互いに相手を見つめることではなく、横に並んで一つのものを一緒に眺めることだということです。

作者が養女を引き取った時、夫と作者がともに、養女を見て感激し涙していることを思い出してください。一つの対象を二人で眺める時、二人の間に連帯感が生じ、ともに人生を歩めるようになるのです。

作者は、日記の最後のほうで、夫に感謝の気持ちに近いものをちらっと披露していますが、相手に感謝する気持ちも、夫婦関係をよくする潤滑油です。それは、読者である私をも癒してくれました。作者の気持ちが読者に通じるからです。

下巻は散漫で面白くないと評する人もいますが、作者の心の救いに必要な巻であったばかりではなく、苦しみ悩む現代人にも、そこから抜け出し、人間関係をよくする秘訣を教えてくれる重要な巻です。

愛した人を忘れられない時
――『大和物語』

　ここで、注目するのは、『大和物語』。『伊勢物語』に追随してできた歌物語ですが、『伊勢物語』のように、歌に凝縮されていく珠玉のような輝きはありません。でも、別の魅力を持っています。ストーリーに重点を移した世間話の趣が強くなっているため、話が面白いのです。一七三の小話が収録されています。成立は、九五〇年代、つまり一〇世紀中頃です。

　ここでは、一四八段の愛した男が忘れられずに会いに行く話を取り上げます。

暮らしていけなくなった

摂津の国、難波《なにわ》の辺り、今の大阪市近辺ですね。そこに、愛し合って結婚したけれど、暮らし向きが悪くなり、どうにも暮らしていけなくなった夫婦が住んでいました。家も壊れ、使っていた人たちも去っていき、しまいには夫婦だけで、みじめな生活を送っていました。でも、二人とも愛し合っていたんですね。互いに相手を見捨てて、どこかに行くことができずにいました。

でも、ついに、夫が決意して妻に言いました。「僕は、なんとかなる。でも、あなたが、若いのに、見苦しい様子でいるのは、気の毒すぎる。都へ出て、宮仕えでもなさい。少しはましな状態になったら、僕を訪ねて来てください。僕も人並みになったら、あなたを必ず訪ねて行こう」。

二人は、泣く泣く別れ、女は都にやってきました。どこを目当てにしてということもなかったので、女は別れてきた男のことを思って、恋しく悲しかった。

女は宮仕えし、運がついた

女は、あちらこちらを歩いて働き口を探し、ようやく身分の高い人の家で使ってもらえることになった。宮仕えをしているうちに、身なりもさっぱりとし、容姿もこぎれいになっていった。けれども、別れてきた夫のことが忘れられず、摂津の国に行く人がいると、夫への手紙を託したけれど、いつも見当たらなかったと言って、手紙が戻ってきてしまう。女は、別れてきた男のことが心配でならない。

そうこうしているうちに、宮仕えしているお屋敷の奥様が亡くなられた。ご主人は、多くの使用人の中から、後妻として、この摂津の国からやってきた女性を選んで妻にした。女性は何の心配もない、結構な身の上になった。

でも、たった一つ、人知れず思うことがあった。それは、愛していた元の夫のことである。女は、今の夫に、こう言ってみた、「摂津の国というのは、大変景色のいいところだそうですから、難波に祓《はら》いをしがてら、行ってこようと思います」。今の夫も一緒に行くと言い出したが、なんとか一人で行けることになった。

車に乗ってお供を連れて出かけた。祓いを終えてから、女は、元の夫がいそうな場所を探してみることにした。あそこにいるかしら？　ここかしら？　車をやって、元の夫を探してみたが見当たらない。元住んでいた家も跡形もない。日が暮れかかってきた。従者は、帰宅を急き立てる。

元の夫は、さらに落ちぶれていた

女は、「もう少し待って」と言っているところに、人が通りかかる。誰でしょうか？

そこを原文で読んでおきましょう。

蘆《あし》になひたる男のかたゐのやうなる姿なる、この車の前よりいきけり。それが顔を見るに、その人といふべくもあらず、いみじきさまなれど、わが男に似たり。

（＝蘆を担っている男で、乞食のような姿の者が、この車の前を通り過ぎて行った。その男の顔を見ると、探しているその人とはっきり言うこともできないほど、ひどいかっこうをしているけれど、自分の元の夫に似ている。）

通りかかった男は、乞食のような恰好をしているのだが、ずっと気にしていた元の夫に似ているのです。妻は、確かめたくて、「あの蘆を買いましょう」と言って、車の近くに男を呼び寄せる。

この男の顔をよく見るに、それなりけり。

（＝この男の顔をよく見ると、なんと元の夫であった！）

ああ、夫だった。何という姿なのだ。妻は、悲しくて涙がしたたり落ちる。供の者たちに気づかれてはまずいので、妻は言う、「このようなものを売って生活している人はどんなにつらいかしら」。そして泣いている。従者たちは、みじめな生活に思いを馳せて女主人が泣いているだけだと思った。すると、女主人が、従者に言う、「あの人に何か食べさせてあげなさい。蘆の代金もたくさんあげなさい」。従者たちは不審に思って「何の関係もない人になぜそんなことをするのか」と聞いている。

図7　元の夫は、この図に見える若者よりももっとみじめな姿だったに違いない。服はぼろぼろ。大きな蘆の束を前後に括り付けて担ぐと、人が小さく埋もれて見える。（「天狗草紙」『続日本絵巻大成』巻19　中央公論社より）

男は、覗いてみた

男も不思議に思っている。それで、車の中をそっと覗《のぞ》いてみた。すると、……

下簾《したすだれ》のはさまのあきたるより、この男まぼれば、わが妻《め》に似たり。あやしさに、心をとどめて見るに、「顔も声もそれなりける」と思ふに、思ひあはせて、わがさまのいといらなくなりたるを思ひけるに、いとはしたなくて、蘆もうち捨てて走り逃げにけり。

（＝車の下簾の隙間の空いているところから、この男が中をじっと見ると、自分の妻に似ている。不思議だと思って注意してみると、「顔も声も妻だ」と気づいた。先ほどからのことが思い当って、自分の姿がどうしようもなく見苦しくなっているのを考えると、いたたまれなくなって、蘆もその場にうち捨てて走って逃げてしまった。）

女は、あわてて、従者たちに男を探させる。男は、人の家に逃げ込んで、かまどの後ろに隠れていた。従者が探し出して、男に言う、「奥様がものを下さろうとしているのに逃げるなんてバカだねえ」。

元の夫は、手紙を書いて渡した

男は、観念して出てきて、従者に硯《すずり》を貸してもらった。筆でさらさらと手紙を書いて、しっかりと封をして、女主人に渡してほしいと言った。従者たちは、不思議だと思ったけれど、言われたとおりに、女主人に渡した。彼女が封を開けて中を見ると、手紙にこう書いてあった。

君《きみ》なくて　あしかりけりと　思ふにも　いとど難波《なには》の　浦《うら》ぞすみ憂《う》き

（＝あなたがいなくなり、蘆を刈って売る細々とした生活をして、苦しい月日を送ってきたのだと思うにつけても、ますます難波の浦に住むのがつらく思われます）

女主人は、それを見て、おいおいと声をあげて泣いた。そして、女主人は、自分の着ていた着物を脱いで包み、手紙を書き添えて男に差し出した。それから都に帰った。

「**後《のち》にはいかがなりにけむ、知らず。**（＝あとはどうなったんだろう、それは知らない。）」

これで、この話はおしまい。終わり方が面白いですね。語り手に「あとはどうなったか、知らないよ」なんて言われると、読者がいろいろ想像してしまう。そう仕組まれている。

昔の人の動静を知る

さて、この話は、現代の私たちに何を教えてくれるのか？　現代でも、この話のようなケースはありますね。たとえば、愛した人と何らかの事情で別れてしまい、新しい人との充実した生活が始まっているけれど、心の奥底に昔愛した人がいるという場合です。今の相手に申し訳ないと思うのだけれど、昔の人が心の中に住んでいる。そして、昔の人に一目でいいから会いたいと思う気持ちがある。そんな人に、この話は、見事な解決策を教えてくれています。

それは、この話の女性のように、現地に赴き、忘れられなかった人の動静をきちんと把握するという対処法です。そうすると、愛した人の現実の姿が見え、その人への思いが断ち切られて、新しい生活に切り替えることができるというわけです。

見に行く側の人間は、見に来られる側の人間よりも、経済的にも心理的にも余裕がある場合が多い。ですから、昔愛した人をこっそり見に行くという方法をとると、客観的に相手の姿を観察することができ、思いが吹っ切れるのです。そして、今の生活を大切に生きていく前向きの心になっていきます。

『大和物語』には、貧しくなった妻を見捨てて、裕福な女と一緒になった男の話がありますす。ところが、元の妻の様子を覗き見すると、自分のことを本当に愛し思いやってくれているのです。夫は、元の妻の真実の愛に気づき、元の妻のところに戻ります。それでも、裕福な女が忘れられずこっそり行って覗き見をした。すると、ものすごく下品な女だったことが判明。それから、夫は元の妻一筋で生きたという話。一四九段の話です。

これも、忘れがたい裕福な妻の動静を直接確認したことで、一気に熱が下がっています。裕福な女との心のきずながぷっつり切れたのです。そして、妻一筋で生きるという決意に連なっています。『大和物語』は、現実の姿を自分で確認することの重要性を教えてくれています。

それにしても、『大和物語』の一四八段の元の夫は、哀れで涙を誘いましたね。話が終わっても、読者には、妻の車を見送って呆然と立ち尽くしている彼の姿が見えます。彼のつらく切なく張り裂けそうな気持ちがひしひしと伝わってきます。現代人の心まで打つ話でした。

琴《きん》の音は、何を引き起こすか？

――『うつほ物語』

ここで取り上げるのは、『うつほ物語』です。一〇世紀末から一一世紀初頭にできた日本初の長編物語。二〇巻からなります。当時、かなり広く読まれた物語で、『源氏物語』にも大きな影響を与えています。

でも、長編物語への初挑戦であったためか、テーマが、二つの流れに分裂しています。琴《きん》の弾奏の継承という芸道がテーマの部分と、美女「貴宮《あてみや》」をめぐる求婚譚と皇位継承という政治的な話題がテーマの部分です。どちらが主流なのか、にわかには決めがたいのですが、ここでは、芸道のテーマに関わるストーリーを中心に紹介することにしましょう。というのは、『うつほ物語』は、芸道の話で始まり、芸道の話で終わっているからです。

琴は、中国渡来の楽器

突然ですが、あなたは何か楽器を習っていますか？　あるいは、過去に楽器を習ったことがありますか？『うつほ物語』で取り上げられている楽器は、中国渡来の七弦の「琴《きん》」です。

現代では、「琴」という漢字を書いて「こと」と訓読みして、十三弦の「箏《そうのこと》」や六弦の「和琴《わごん》（やまとごと・あずまごと）」などを含めた弦楽器の総称として用いることもありますが、ここで言う「琴《きん》」とは違っていますので、注意して下さい。『うつほ物語』でいう「琴《きん》」は、弦の数が七本。琴柱《ことじ》（弦を支え、音調を整える用具）がなく、弦を左手の指で押さえて調音しながら弾くので、演奏がとても難しい。

「琴《きん》」は、奈良時代に日本に伝えられ、平安時代の初期・

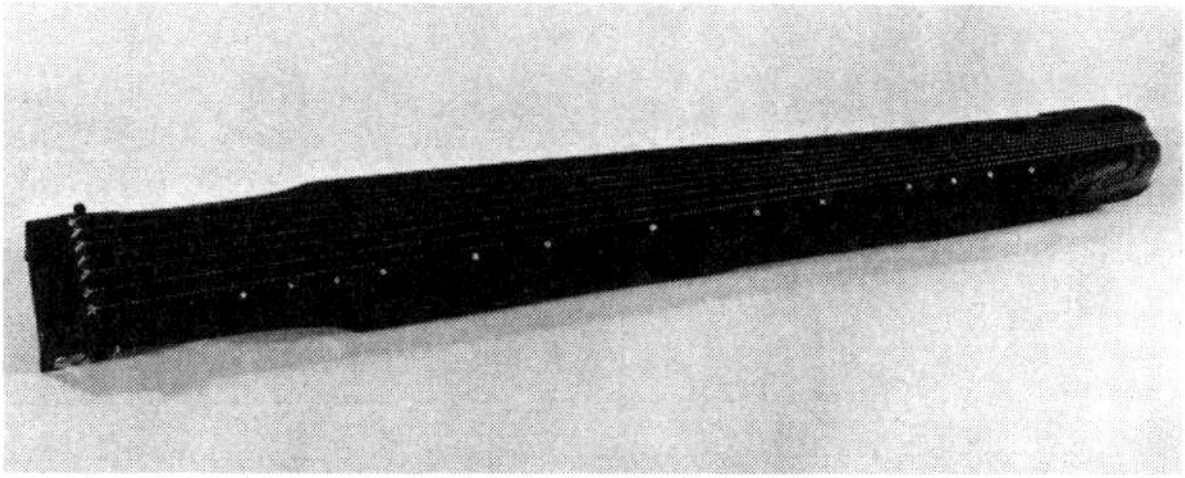

図8　七弦の琴。琴柱を立てずに、指で音階を定める。（『図説 日本の古典9 平家物語』集英社より）

中期には、君子の楽器として高い価値を持っていましたが、平安末期には、演奏の伝承が途絶えてしまいました。江戸時代に、一時復活しましたが、再び廃《すた》れ、現在には奏法が伝わっておらず、どんな音色か不明です。

でも、有難いことに、『うつほ物語』には、その音調を描写した部分がたくさんあります。はたして、どんなふうに描写されているでしょうか？　琴《きん》の音の描写に注目しつつ、ストーリーを追ってみます。原文の下に、（　）に入れて示してあるのは、巻名です。

俊蔭の弾奏による奇瑞

最初に登場するのは、清原俊蔭《としかげ》という学才の優れた人物。彼は、若くして遣唐使に選ばれ、遣唐船に乗って、日本を出発。ところが、途中で暴風に遭い、俊蔭一人が波斯《はし》国（南洋諸島の一国）に漂着してしまった。俊蔭は、そこから西に進み、三人の仙人から琴を習い、阿修羅から譲り受けた桐の木で作った三〇の秘琴を得ることができた。秘琴には、人間と同じように、それぞれ名前が付いている。「なん風《ふ》」「りうかく風《ふ》」などと。

俊蔭は、日本に帰ってきて、朝廷に仕え、皇女と結婚。娘一人を授かった。持ち帰った琴のいくつかは、天皇をはじめとする大臣たちに献上。天皇の仰せで、嵯峨帝に献上した琴「せた風《ふ》」を、俊蔭が弾奏すると、大変なことが起こります。

大殿《おとど》の上の瓦《かはら》、砕《くだ》けて花のごとく散る。いま一つ仕うまつるに、六月中の十日のほどに、雪、衾《ふすま》のごとく凝《こ》りて降《ふ》る。（俊蔭）

（＝御殿の屋根の瓦がこなごなに砕けて花のように散ってくる。もう一曲弾奏すると、六月中旬の暑い盛りの頃なのに、なんと雪が降って、布団を敷いたように一面に積もった。）

「ええっ、ありえない」などと、現代人は、口走ってしまいそうですね。これは、幻想的な物語の世界です。『竹取物語』のかぐや姫が、天人たちに迎えられて月に帰っていくのと同じ伝奇的な物語の面影をまだ残しています。

琴は、古代中国では、君子の修養のための楽器として、尊重されていました。「君子にとって、琴は最も親密な楽器であり、体から離すことはない」と、中国の清代の書『白虎通疏証《びゃっこつうそしょう》』にも記されているくらいです。

日本では、さらに琴が珍重され、名手が弾くと、天変地異を引き起こしたり、天人の降臨をいざなう霊力を持つと考えていたようです。ですから、俊蔭のような琴の達人が、秘琴を心を込めて弾けば、このくらいの奇瑞が起こってもおかしくないのです。

俊蔭の琴の弾奏を聴いた後、天皇は、感極まって、俊蔭に琴の師となるよう所望された。けれども、俊蔭は固辞し、官位も返上して、自宅に引きこもってしまった。なぜか？　四歳になった一人娘に琴の奏法を伝授するためです。

若者が俊蔭の娘と契る

やがて、俊蔭とその妻は亡くなり、一人娘が残された。娘は、今や一五歳になっていた。年頃の娘がたった一人、荒れ果てた邸宅に住んでいて、何か起こりはしないか。案の定、若者が邸内に迷い込んで入ってきた。美しい娘を見て、口説き落とし、契りを結んでしまった。

若者は、娘に素性を尋ねる。でも、娘は素性を明かさない。「父は、誰それと世間にも知られなかった人でしたから、名前を申し上げてもご存じではないでしょう」。そう答えて、「前にある琴をそっとかき鳴らして」いるだけ。若者は、契りを結んだ以上、なんとしても素性を知りたい。もう一度聞いたけれど、やはり素性を明かさず、「傍らにある琴をかき鳴らしてお泣きになっていらっしゃる」だけ。

その若者は、一夜の契りを結んだ後、娘の所に全く訪れない。彼の父親に独り歩きを固く禁じられてしまったのだ。一方、俊蔭の娘のほうは、若者と契りを交わした時に妊娠してしまう。召し使っている老女に助けられて、娘は男の子を産み、仲忠《なかただ》と名付けた。やがて、出産を手伝ってくれた老女も亡くなり、母子の生活は困窮の極みに達した。

思い余って、母子は、北山の奥に入り、大木に出来ている「うつほ」に住むことにした。「うつほ」というのは、「空洞」とか「ほら穴」の意味です。大木にはよく空洞のほら穴ができていますね。そこが、彼ら母子の住まいです。ここから『うつほ物語』という作品名が出てきています。

仲忠は、子供ながらに川や山で食べ物を調達し、母親に尽くす。動物たちと仲良くすると、木の実を運んでくれたりするので、母子は、それで露命をつないでいた。洞の中で、母は、仲忠に、琴の奏法を伝授していた。人里離れ、誰もやってこないので、琴の伝授にはもってこいの場所だったのです。仲忠は、七歳の時には、祖父・俊蔭の保持していた秘手をすべて習得。

俊蔭の娘が、秘琴「なん風」を弾く

そんな生活を脅かす事件が起こった。武士たちがその山で戦いを繰り広げたのだ。母子は、木のほら穴から一歩も外に出られず、命をつなぐことすら危うくなってしまった。このままでは、餓えて死んでしまう。

その時、母は、父・俊蔭の遺言を思い出した。困難が極まった時や幸いが絶頂に達した時に弾きなさいと言われた秘琴「なん風」「はし風」のことを。母は、「なん風」を取り出し、必死で弾奏。すると、こんな現象が起こった。

一声かき鳴らすに、大きなる山の木こぞりて倒れ、山逆さまに崩る。立ち囲《かこ》めりし武士《もののふ》、崩るる山に埋《うづ》もれて、多くの人死ぬれば、山さながら静まりぬ。（俊蔭）

（＝琴を一声かき鳴らすと、山の大木は残らずそろって倒れ、山は頂上から崩れ落ちる。母子の住んでいた洞を囲んでいた武士たちは、崩れてきた山に埋まって、多くの人が死んだので、山は元のように静かになった。）

秘琴「なん風」は、摩訶不思議な力を発揮。木を倒し山を崩し、武士たちを死に追いやるという暴力的とも言える力を示したのです。

母は、なおも弾き続ける。その琴の音に惹かれ、一人の若者が、大木の洞までやって来た。天皇の北野神社への御幸《みゆき》のお供として近くまで来ていたのだ。若者以外のお供の人々は、琴の音を気味悪がって、誰もついて来なかった。

彼は、洞の前で、来訪を告げると、琴の音が止《や》み、子供が取次に出てきた。子供の着ているものは、まことに粗末。でも、容貌は光り輝くように見える。若者が、子供に事情を聴いていく。すると、子供の母は、かつて若者が一夜の契りを結んだ女性ではないか！

図9　木の洞で「なん風」を弾いた俊蔭の娘。琴の音に引き寄せられ、娘と再会した兼雅。中央にいる子供が仲忠。（中野幸一編『奈良絵本絵巻集8　うつほ物語（二）』早稲田大学出版部より）

若者は、今や右大将になっていた。名を藤原兼雅《ふじわらのかねまさ》という。太政大臣の息子であった。彼は、木の洞に住んでいた母子を、用意を整えてから自宅にひきとり、両親に紹介し正式に結婚した。困難が極まった時に弾いた琴が、幸せをも運んできたのです。

息子仲忠の琴の弾奏

仲忠は、一六歳で元服。一八歳で侍従になった。彼は、美しい容姿で、琴のみならず才芸に優れ、人気の的。天皇の前で弾奏した琴は、人々を感動させてやまない。右大将の源正頼《みなもとのまさより》は、仲忠の琴が聞きたくて、弾奏してくれたら、最愛の娘「貴宮《あてみや》」を与えるとまで言う。ここで、『うつほ物語』のもう一つのテーマが仲忠を橋渡しにして展開し始めます。それは、貴宮をめぐるかぐや姫型の求婚譚です。

仲忠は、貴宮を得ることはなく、彼女は、結局天皇の后《きさき》になり、皇位継承問題に巻き込まれて行く。暗闘の結果、貴宮側が勝利し、貴宮の子が皇太子になり、天皇への道を歩むことになる。こうした政治的なテーマと琴のテーマが混在しているのが、『うつほ物語』です。ここでは、琴のテーマを追っていますから、琴の話を続けましょう。

巻が進むと、琴の名手がもう一人登場してきます。紀伊の国に住む源涼《みなもとのすずし》。彼は、嵯峨の院と女蔵人《にょくろうど》との間に生まれた子です。女蔵人の父は、神南備種松《かんなびのたねまつ》と呼ばれる大富豪。涼は、天皇の求めに応じて、都に住み始める。仲忠と涼は、ともに美貌で才芸に長じ、琴の好敵手。

神泉苑の紅葉賀《もみじのが》で、仲忠と涼は、それぞれの家に伝わる秘琴で、競弾。仲忠が秘琴「はし風」をちょっとかき鳴らすと、「天地を振動させて響く」。涼も、家に伝わる秘琴で、応じる。二人の競弾が始まると、

雲の上より響き、地の下よりとよみ、風雲動きて、

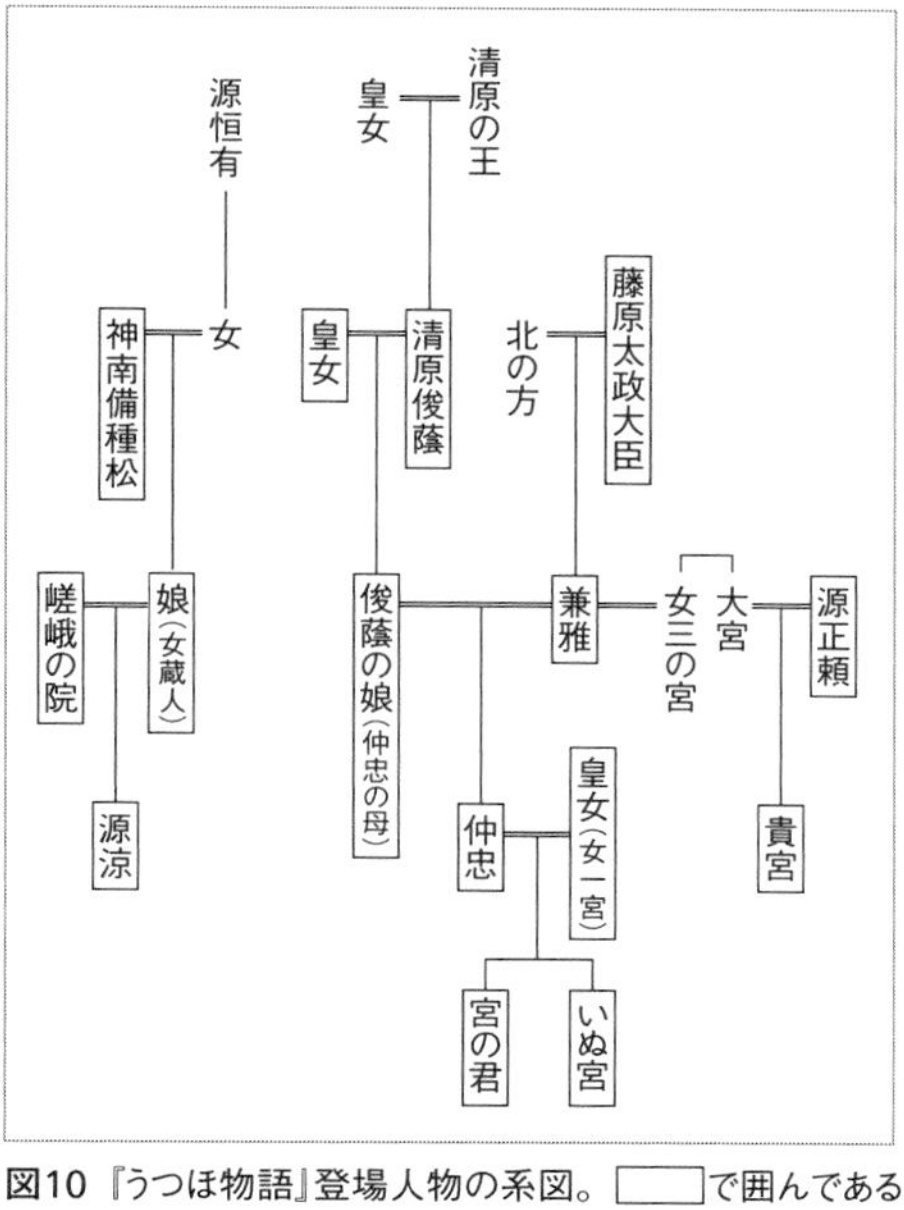

図10『うつほ物語』登場人物の系図。□で囲んであるのが、この章での登場人物。

月星騒ぐ。礫《つぶて》のやうなる氷《ひ》降《ふ》り、雷《いかづち》鳴《な》り閃《ひらめ》く。雪、衾《ふすま》のごと凝《こ》りて、降るすなはち消えぬ。（吹上・下）

（＝その音は、雲の上から響き、地の底までとどろき、風が吹き、雲が動き出し、月や星が異常にきらめく。礫のような大粒の雹《ひょう》が降って来て、雷鳴がとどろき、稲妻がひかる。雪が布団を敷いたように降り固まったとみるや、一瞬に消える。）

二人の琴の演奏は、これ以上ないくらいの天変地異を引き起こし、異常気象を現出させます。なおも、二人が精一杯の音を響かせて弾奏すると、

時に天人、下りて舞ふ。（吹上・下）

（＝その時、空から天人が下りて来て舞う。）

とうとう天人まで下りて来て舞うのです。超常現象が起こっています。

天皇の前で仲忠の母が琴を弾く

相撲の節会《せちえ》のこと、天皇は仲忠に琴を所望された。仲忠は、この機会に、自分の母の琴をお耳に入れたいと考え、母を参内させた。天皇は、久しぶりに仲忠の母をご覧にな

り、昔のことを語り、琴の演奏を求めた。以下が、その琴の音色の描写です。今までと違って、描写がリアリティを獲得していることに注目してください。

北の方、心にも入れずかき鳴らしたまへど、さる上手の、天下《てげ》の手どもを逸物《いちもち》にしつきたまへる人の、さるは殊に秋の夜の更《ふ》けゆき、宴《えん》の松原の、仁《じ》寿殿《じゅうでん》にあり、ありけむ風に調べ合はせて弾くに、あはれに面白きこともものに似ず。（内侍のかみ）

（＝北の方（仲忠の母）がたいして心も入れずお弾きになっても、俊蔭ほどの名手の天下に名高い奏法を名琴によって習得した人が、とりわけ秋の夜の更けゆくなか、本人は仁寿殿にいるのだが、遥かかなたの「宴の松原」に吹いている風に調子をあわせて弾奏するので、情趣豊かで心惹かれることは類がない。）

仲忠の母の琴の演奏は、松風に響き合うような情趣溢れるものになっています。かつての、天変地異を引き起こし、山を崩し、武士たちをも埋め尽くしたような暴力的な音色ではありません。四〇〇メートルくらい離れた場所にある「宴の松原」に吹く風に合わせて弾く、情趣溢れる琴の音色です。自然を威圧し自然を従えた琴の音色が、今や自然の営みに合わせた琴の音色になっています。

一体、どういうことでしょうか？　私は、『うつほ物語』の作者の描写力が上がり、伝奇物語から脱し、リアリティを持つ物語へと変貌の一歩を遂げている証拠と考えています。この松原に吹く風に合わせた琴の音色の描写は、『源氏物語』で、光源氏が明石の浦で弾く琴の音色の描写に取り入れられています。

仲忠の母は、このすばらしい琴の弾奏で、尚侍《ないしのかみ》になります。

いぬ宮だけに琴を伝授する

仲忠は、皇女の女一宮《おんないちのみや》と結婚しており、いぬ宮という愛娘を授かっていた。いぬ宮はすくすくと育ち、七歳になった。仲忠は、いぬ宮に琴を伝授する準備を始める。自宅とは別の場所に楼閣を造り、いぬ宮だけをその場所に移し、自分と自分の母を琴の師として、ひそかに琴を伝授するという方法をとった。いぬ宮の母である女一宮でさえ、楼閣には入れず、自宅で待機。いぬ宮は、母のことを時々恋しがっているが、父や祖母の教えをよく吸収し、瞬く間に、琴の弾奏を習得。

年が改まり、七月七日になった。仲忠の母と仲忠といぬ宮がそれぞれの秘琴で合奏すると、「空に高らかに鳴り響く」「星たちが激しく瞬き、雷が鳴るかのように閃光が走る」。自然現象の変異も、現代人が納得できる範囲に収まっています。『うつほ物語』は、もはや伝奇物語の域から脱却し、リアリティを持った物語に成長しています。

仲忠は、八月十五夜に琴の演奏会を開くことにした。仲忠の母が、「りうかく風」を弾くと、「耳に心地よく、心に沁《し》みとおって感銘を与え、これほどのものがあろうか」と参集している人々は、感動している。続いて「ほそを風」を弾くと、「落ち着いた気分になり、寿命が延びる思いがし、この世のすばらしさを感じる」。

最後に「はし風」を弾くと、「音の響きが高く優れ、稲妻が激しく閃き、地震のように地面が揺れ動く」「弦一本では面白く、弦二本では悲しく、先の、『ほそを風』よりも心に染み入る」『はし風』の音を聞いていると、愚かなものはたちまちのうちに賢く、怒って腹を立てているものは、心穏やかに落ち着き、荒々しく激しい風も静かに止んで、病気にかかってひどく苦しんでいるものも、たちまちのうちに病気が治り、寝たきりの者でも、この琴を聞いては起き上がらないことがあろうかと思われる」。（楼の上・下）

琴の音の霊力が、人の心に寄り添ったものに変化しています。この見事な演奏で、仲忠の母は、正二位を賜り、物語は幕を閉じます。かつて、木の「うつほ」で子供と貧窮生活をしていた女性が、琴の力で立身出世を果たしたのです。

作者は成長する

俊蔭一族の琴の伝承の物語は、いかがでしたか？　琴の音の描写が、最初は、現実離れした伝奇的なものでしたが、物語が進むにつれて、リアリティを獲得していったことを、私たちは目の当たりにすることができました。『うつほ物語』は、長編を書き継いで行くうちに、伝奇物語からリアリティを持った物語へと脱皮しているのです。作者は、作品を書きながら、成長して行く。このよく知られた事実を、『うつほ物語』は、琴の音の描写の変化で、具体的に私たちに示してくれていました。

楽器が名前を持っている

さらに、『うつほ物語』は、楽器に対する日本人の熱い思いを現代人に思い起こさせてくれます。平安時代では、一つ一つの楽器に人間と同じく名前を付けて、珍重し、愛玩しています。「せた風」「なん風」「はし風」「りうかく風」と、秘琴にはすべて名前が付いていましたね。

そういえば、『枕草子』には、こんな話があります。中宮定子の弟が、妹の持っている「いなかへじ」という名前が付いている笛と、自分の所有する琴を交換してほしいと懇願するのですが、妹は、返事をしません。笛の名前が「**いなかへじ**（＝いいえ、取り換えません）」で、返事になっているからです。楽器は、人間と同じように、名前を持っていたのです。

また、楽器は、誰に譲るかということも重要視されています。貴重な遺産の一つです。俊蔭は、娘に秘琴を残しています。『源氏物語』でも、女三宮《おんなさんのみや》と密通事件を起こして亡くなった柏木《かしわぎ》は、遺愛の笛を友人に託し、息子薫へ渡るようにしています。楽器に、名前を付けたり、譲る人を特定していることは、楽器が貴重であった証です。

琴の伝承は、一子相伝

また、琴の奏法の伝承が、「一子相伝（技芸の奥義を自分の子一人だけに伝えること）」であったことも分かります。そのくらい重要なことなのです。琴の奏者を思い出してください。「俊蔭」→「俊蔭の娘」→「仲忠」→「いぬ宮」でしたね。仲忠には、「いぬ宮」のほかに、もう一人「宮の君」という子供がいます。でも、琴を教えられていません。

しかも、弾奏の秘技は、人に知られないように、教授されています。俊蔭の娘は、門を閉ざした家の中、仲忠は、人間界と遮断された大木の洞の中、いぬ宮は、人に聞かれる心配のない楼閣の中。すべて、他人に聞かれない場所で密かに伝授されています。

「一子相伝」というのは、その道の奥義や真髄を独占的に伝えられ、神秘性を感じさせ、希少価値があります。しかし、その反面、伝承を途絶えさせてしまう危険性をはらんでいることも、見過ごすことのできない事柄です。事実、平安後期には、琴《きん》の演奏の伝承が途絶えてしまっています。

楽器が、人間と同じように名前を持ち、遺産として継承され、奏法は、一人だけに伝授され、希少価値を保つ。平安王朝の音楽の世界を垣間見せる『うつほ物語』は、次の長編『源氏物語』を生み出す魁《さきがけ》です。

いじめる人って、どんな性格？
——『落窪物語』

　ここで取り上げるのは、『落窪物語』。継子《ままこ》いじめの物語です。継子いじめの話は、昔から、世界各地で伝えられています。いずれも、継母にいじめられていた継子が、継母たちを見返すようなすばらしい境遇になって、めでたしめでたしで終わるというストーリー。

　たとえば、「シンデレラ」を思い出してください。継母とその娘たちにいじめられていた継子のシンデレラが、魔法使いに助けられてお城で催される舞踏会に出かけ、魔法の解ける一二時に城を走って出たために靴を脱ぎ落とす。その靴でシンデレラは探し出され、王子様と、めでたく結婚。継母一族をぎゃふんと言わせて物語が終わっていますね。日本人が、西欧に伝わる昔話「シンデレラ」を知ったのは、明治時代に入って日本語に訳されてから。

ここで取り上げる『落窪物語』は、日本人が、一〇世紀末に書き記した継子いじめの物語です。「シンデレラ」などをまだ知らない時点で、日本独自の継子いじめの物語が誕生しています！ 作者は不明ですが、『枕草子』に『落窪物語』の登場人物についての記述がありますから、『枕草子』より前にできた作品です。

日本では、『落窪物語』のあと、鎌倉時代以後に『住吉物語』『鉢かづき』などをはじめとする多くの継子いじめの物語が出現。それら後続の継子いじめの物語は、いずれも「シンデレラ」と同じく、いじめられた継子が、いじめた側を圧倒するような境遇になって見返して終わるというストーリーです。

ちょっと変わった継子いじめの物語

それに対して、『落窪物語』は、ちょっと異質な面がある。いじめられた側がいじめた側を見返すようなハッピーな境遇になったあと、いじめた側への痛快な復讐が描かれる。さらに、十分懲らしめたあとに、いじめた側に恩恵を与え、味方にし、感謝させるという運びになっているのです。ハッピーエンドの結末だと思ったところから、さらに、復讐劇とその事後処理が描かれている。ここが、『落窪物語』の独自な点であり、十分楽しめる大衆小説的な物語になった理由です。

考えてもみてください。散々いじめられたのに、いじめた側を見返すような幸せな状況到来でストンと終わるというのは、物足りないと思いませんか。いじめた側に復讐したくなりませんか。いじめられた分だけ、いじめ返してやりたい。これが、私を含めた大衆の心理です。『落窪物語』の作者は、大衆の心をよく読んでいる。だから、復讐とその後の和解が記され、大衆を楽しませてくれます。深遠な思想はないけれど、一般に受ける立身出世主義で貫かれ、とにもかくにも、大衆の心をとらえる。

登場人物で一番実在感があるのは、継母。「ははん、いじめる人って、こういう性格の人なんだ」と、妙に説得力を持っている。そして、現代人に重要なことを気づかせてくれる。では、早速、継母の言動を中心に据えながら、『落窪物語』の展開を追ってみましょう。以下、継母のセリフだけは、原文で示しておきます。

継母が、落窪の君をいじめる

中納言の源忠頼には、正妻との間に子どもが七人いる。息子三人、娘四人。さらに、母親を亡くした姫君一人が同居している。この姫君が、継母にこっぴどくいじめられている。姫君の実母は、皇族出身の女性で血筋が尊い。継母は、そもそもそれが気に入らない。

継母は、この姫君を、屋敷内の離れの落ち窪んだ狭い一室に閉じ込め、「落窪の君（落ち窪んだ所に住んでいる人）」という蔑みのあだ名をつけ、召使たちにもそう呼ばせていた。でも、姫君は、奥ゆかしく感情を抑制できる賢い娘であったので、継母のいじめにもじっと耐えている。

継母は、図に乗り、「落窪の君」をいじめ続ける。落窪の君は、手先が器用で、

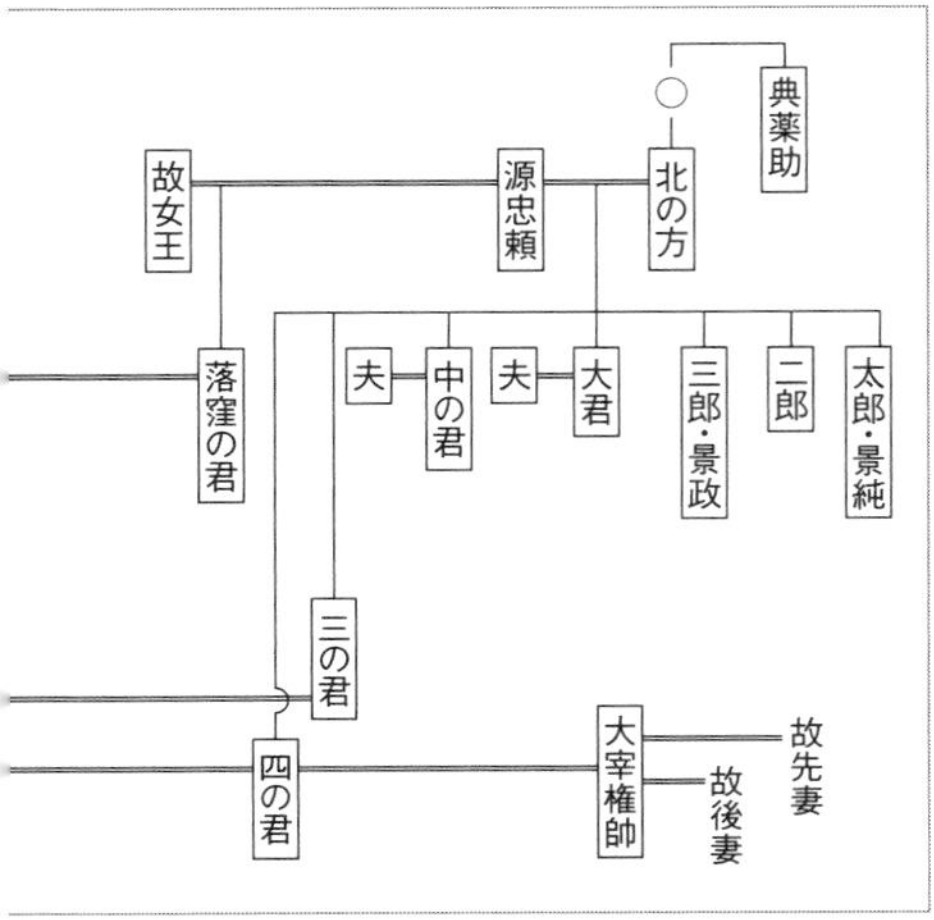

登場人物。官職名は、この章で登場した時のもの。

裁縫もうまい。継母は、自分たちの着物の他に、自分の実子である長女・次女・三女の所に通ってくる婿たちの衣装まで姫君に縫わせる。夜、寝る間もないほど、仕事を与える。ちょっとでも仕事が遅いと、姫君を叱り、攻めまくる。

「かばかりのことをだに、ものうげにしたまふは、何《なに》を役《やく》にせむとならむ。」

（＝「このくらいの事さえつらそうになさるのは、何をしていると言えるんですか。」）

さらに、継母は、父の中納言までかりだして、言わせる、「今晩中に縫い上げ

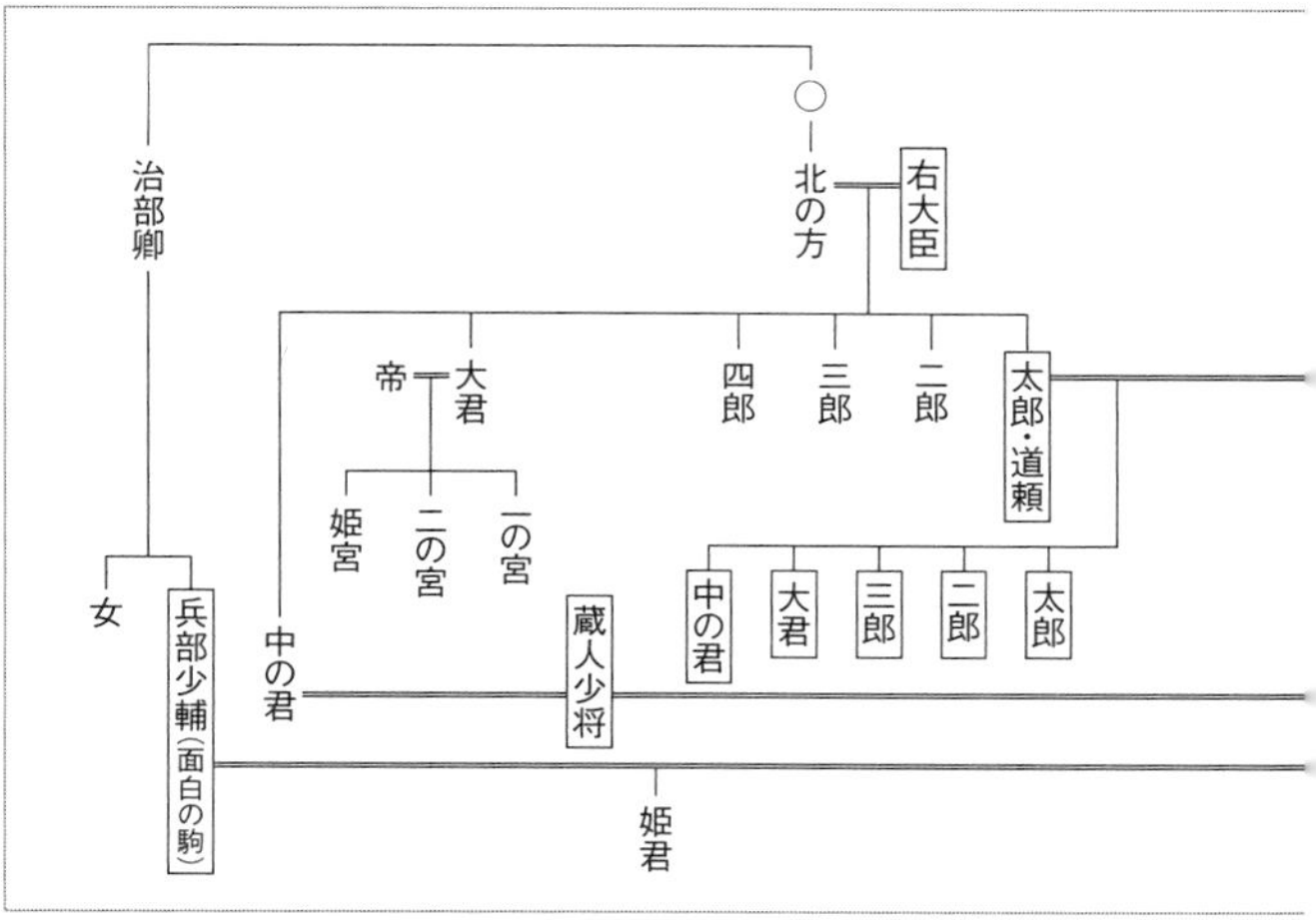

図11『落窪物語』登場人物の系図。□で囲んであるのが、この章での

ないと、私の子とも思わない」と。姫君は、縫物をしながら、涙をこぼし、死んでしまいたいと思っている。

そんなに仕事をさせるのに、継母は、姫君に着るものを与えない。だから、寒いのに、白い袷《あわせ》の袿《うちき》一枚しか着ていない。父親が、ふと姫君の部屋をのぞいた時に、姫君のみじめな姿に哀れを催したのであろう、継母に「女の子たちの古着でも着せてあげなさい」と言うと、継母は言葉巧みに嘘を言う。

「常に着せたてまつれど、はふらかしたまふにや、飽《あ》くばかりもえ着《き》つぎたまはぬ。」

(=「いつも着物をさしあげるのですが、捨ててしまいになるんでしょうか、飽きるほども着続けることがおできにならないんですよ。」)

父親は、この言葉を真に受けている。

いじめのエスカレート

最もひどいいじめは、落窪の君の所に通ってくる男性がいるらしいと、継母が気づいた時。落窪の君が立派な男性とでも結婚された日には、いまいましいことこの上ない。そのうえ、召使のようにこき使える人間がいなくなる。継母は、策略をめぐらした。親戚に年老いた典薬助《てんやくのすけ》（二等官の医者）がいる。妻はいない。あの老医者と、落窪の君を結婚させてしまえば、ずっと、ここにいて、こき使える。

この策略に気づいた召使が一人いた。召使の名前は、阿漕《あこぎ》。阿漕は、姫君の実母が存命中に姫君の世話係として雇われたのだが、母亡きあとは、継母が阿漕を自分たちの召使として使ってしまっている。阿漕は、姫君がかわいそうでならない。

実は、姫君の所に通い始めた男性は、阿漕の夫・帯刀《たちはき》の御主人にあたる左近少将「道頼」。姫君の父の名前「忠頼」に似ていますが、「道頼」です。以下、少将「道頼」の地位は、とんとん拍子に上がっていき、官位名で呼ぶと、分かりにくいので、「道頼」の名前で統一して説明します。

さて、阿漕は、何としても、老医者から姫君を守らねばならないと思っている。継母は、姫君を物置に閉じ込めて鍵をかける。それから、老医者に物置の鍵を渡して、夜、物置に入って姫君をものにしてよいと許可を与え、自分は寝てしまった。

物置に入ってきた老人に、姫君はおびえ、胸痛を起こす。隙を見て、阿漕が物置に入ってきて、姫君と協力して、老医者を怒らせないようにしながら朝を迎える。

翌日、老医者は、「今夜こそ」と張り切って若者のような薄着でおしゃれをしてやってきた。けれども、物置の戸が開かない。姫君が内側につっかえ棒をしたり、物を置いたりし、阿漕も外側から戸の下に詰め物を密かに入れて置いたのだ。老医者は、戸を開けようと必死。

冬の寒さが薄着の下から上がってくる。老医者は腹痛を起こし、腹が「**ごほごほ**（今の、ごろごろ）」と鳴り、下痢便を「**びちびち**（今も同じ）」と垂れている。大衆文学ならではの、尾籠《びろう》で滑稽な場面が展開しています。とにもかくにも、姫君は老医者に犯されずにすんだ。

このままでは、姫君が危ない。密かに通っていた道頼は、阿漕に協力してもらって、姫君を自分の邸宅に連れだすこと

に成功。

継母たちへの復讐が始まる

　さて、これからが復讐劇です。復讐は、もっぱら夫になった道頼が、落窪の君に代わって敵《かたき》を取るという形です。落窪の君のほうは、夫の復讐をむしろ困惑して見ています。

　復讐第一弾は、継母の四女の結婚。道頼は、みんなに馬鹿にされている「面白《おもしろ》の駒《こま》」とあだ名されている男と結婚させて、困らせてやろうと策を練った。この男の風貌ときたら、「面《おも》（顔）」の色が人並外れて「白《しろ》」く、顔立ちが馬そっくり

図12　干物や漬物の置いてある物置に閉じ込められた落窪の君。（日本古典文学全集『落窪物語・堤中納言物語』小学館の口絵写真より）

なので、「面白の駒」と呼ばれている。今にも馬のように「**いう**（発音は「いん」に近い。今の、ひひん）」と鳴き出しそうな顔つき。道頼は、この「面白の駒」を、四女のもとに通わせた。

当時は、連続三日間、女性の所に通うと結婚成立です。夜で明かりもほとんどないので、相手の顔も良く分からないまま結婚です。披露宴は、そのあと行ない、そこで、互いに初めて相手の顔を見るという順序です。

継母の四女は、結婚相手が笑いものの「面白の駒」だと知ると、ショックで動けません。継母もその長女・次女・三女も大ショック。四女の結婚は、大失敗です。でも、継母たちは、どうしてそうなったのか、全く分かりません。三女の所に通ってきていた婿も、四女の婿が「面白の駒」だと知って、体裁が悪く、三女から離れていきます。

復讐第二弾は、賀茂祭の見物の時に、大勢の人前で笑いものにし大恥をかかせたことです。道頼は、見物時に、継母一行の牛車《ぎつしゃ》に近いところに陣取って、継母の乗っている車の屋形（図13参照）の部分をすぽんと道路に落とさせて、聴衆の面前で大恥をかかせます。牛車は、屋形を下の支えの台に縄で結わえて固定してあるだけなので、縄を切っておけば、屋形だけ、台から落ちてしまうのです。見物に来ていた人々は、屋形だけ落ちてしまった不格好な姿に大笑い。

供の人たちは、あせるけれど、何人も乗っている屋形をおいそれとは持ち上げられない。屋形に乗っていた継母一行は、屋形から這い出し、据え直した屋形に這い乗る。その時、継母は、肘にけがをして、恥も外聞もなく「**おいおいと**」泣いている。

復讐第三弾は、姫君の父である中納言が、姫君の実母の持っていた邸宅を二年がかりで造営し、立派な御殿に仕立てたところを、道頼が見事にのっとってしまったこと。姫君が、「**地券**（土地の所有権利証）」を、きちんと保持していたから可能だった復讐です。費用と年月をかけて造った邸宅を取られて、継母一族は大激怒。でも、地券がないので、どうす

図13 牛車の屋形。屋根のついた箱の部分を「屋形」という。そこに人が乗る。（『国宝法然上人行状絵図』48巻伝のうちの18巻、浄土宗総本山 知恩院刊より）

ることもできない。

道頼は、継母側に十分に仕返しをしたと思ったので、次は、継母側に自分がやったことだと分かるようにしてから、恩恵を与え始めます。

継母の八つ当たり

継母は、今までのすべての事件が、落窪の君側の仕返しだと知った時、怒って家中が揺れるほど騒ぎ立てます。

「この年ごろ、いみじき恥をのみ見せつるは、くやつのするなりけり。」

（＝「ここ数年、ひどい恥ばかりをかかせたのは、あいつのしわざであったよ。」）

「くやつ（＝あいつ、きゃつ）」と言われているのは、落窪の君。

このあと、道頼夫妻と父の中納言とは、和解。継母が落窪の君を虐待していた事実も父の中納言がようやく把握。夫に責められた継母は言い返します。

「いで、あな聞きにく。そのかみ、物とやは思ひたまへりし。『部屋に籠《こ》めよ』とは、おのれこそ、行ひたまひしか。『我は知らじ、ともかくもせよ』と放ちたまひ

しかばこそ、典薬も何もかかぐり寄りたりけめ。」
（＝「まあ、聞き苦しい。あの頃、あなたは落窪の君を物の数とお思いでしたか。『部屋に押し込めろ』とご自身で指図なさったのですよ！　『僕は知らない。どうともせよ』と捨てて置かれなさったからこそ、あの老医者であろうが、何であろうがすがり寄ったのでしょう。」）

などと、口達者に反撃しています。嘘も交えた反撃力は、半端ない。

老医者の件は、継母が画策したことはすでに述べたとおりです。「部屋に押し込めろ」と、たとえ中納言が言ったとしても、その前に継母が落窪の君の悪口を嘘も交え、ぎゃんぎゃん言ったからに違いありません。継母は、ともかく言葉尻をとらえて、巧みに相手を攻撃するのです。

さらに、実の子どもたちに、かつての落窪の君への虐待を批判され始めると、継母はすまして、言います。

「**あなかしかまし。今は取り返すべきことにもあらず。な言ひそ。憎くおぼえしままにせしぞかし。**」

（＝「ああ、やかましい。今はもう取り返しのつくことでもない。もう言わないでおくれ。あの落窪の君がただもう憎らしく思えて、しただけよ。」）

継母が、直情径行的な性格で、自制心の乏しい人であることが良く分かる発言ですね。継母は、他者からの批判に反撃できない時は居直りで対応しているのです。

和解と立身出世

落窪の君側は、かつてのひどい仕打ちをした継母側の人間を許し、父・中納言には親孝行に徹し始めます。父親が大納言になりたがっているのを落窪の君から聞かされると、道頼は、自分の大納言の地位を譲って、父親を満足させてあげる。さらに、父親の七〇歳のお祝いを、道頼の父の右大臣まで招いて、盛大な祝宴を催してあげる。父親の感謝の念は大変なものである。

父親は、道頼夫妻に自宅を含めてすべての財産を譲ると遺言した。継母は、その遺言に大いに不満。泣いて不服を申し立てたが、息子たちに押しとどめられてしまった。父親は、落窪の君に後事を託して亡くなった。落窪の君は、父親の財産を、継母一族が満足するような形で再分配したので、大いに感謝された。

継母の実子のうち、法師になっている次男を除き、長男の景純と三男の景政には、道頼が、どんどん官位に付けるように取り計らって出世させてあげた。

かつて、「面白の駒」とのひどい結婚で苦しんだ四女には、大宰権帥と再婚させてあげた。

継母は、そうした道頼夫妻の行為にも、感謝するどころか、不平不満の言葉を並べ立てている。長男と三男に情理をつくして説明されると、継母はなるほどとは思うものの、癪にさわるので、「分かった」という返事もしない。

一方、道頼は、大納言から大将になり、やがて左大臣になり、太政大臣に上り詰める。落窪の君との間にできた子供は、男の子三人、女の子二人。男の子は左大将や右大将になり、女の子は后になった子もいて、大繁栄。以上が『落窪物語』のストーリーです。

継母はリアリティを持っている

いかがでしたか？　後半は、いささか出世主義が鼻につきますが、大衆小説としては大成功ですね。とりわけ、継母がリアリティを持って描かれ、出色の出来ばえです。

たとえば、夫の中納言が道頼夫妻に感謝して、息子たちにも「道頼様にお仕えするように」と言う。それを聞いていた継母は、夫を「**憎し、とく死ねかし**（＝憎い、早く死ね！）」と思っていると記されています。さもありなんと、おかしくなります。

さらに、落窪側が、継母たちに特別の取り計らいをしてくれたと聞くと、継母は言います。

「**落窪の君のかくしたまふか。いであなうれしのことや。**」

（＝「落窪の君がこうなさるのかい？　いやまあ、うれしいことだね。」）

感謝せずに、皮肉で対応です。

また、長男に「落窪の君」とあだ名をつけて虐待していたことを責められると、継母は、口達者に言い返しています。

「**取りはづして『落窪』と言ひたらむ、何《なに》かひがみたらむ。**」

（＝「うっかり言い損なって『落窪の君』って言っただけよ。悪気があったわけじゃあないわ。」）

息子たちに道理を言い聞かされるのですが、継母は、ちっとも反省しない。

継母の容姿は、いかに

こんな継母って、一体どんな容姿なのでしょうか？　原文の所々にちりばめられているので、それらを拾って現代語に訳して引用します。

「顔は平たく」「口元は愛嬌があって、少しつややかな様子も備わっている。きれいである。ただ、眉のあたりに老人めいて底意地の悪そうなところも少し出ている」「後ろ姿は、子供をたくさん産んだので、髪の毛は抜けて、わずかに十筋《すじ》程度に見えるほど少なく、腰までの丈で短い。体つきはぶくぶく肥えていて見苦しい」。

日本人特有の扁平な顔。口元に愛嬌があって、きれいなんですよ！　肥満型の体形で、髪の毛が薄い。見るからに意地の悪い人相や体格ではないのです。すぐそばにもいそうな中年女性です。意地の悪さがほの見えるのは眉のあたりだけ。眉間に皺が寄っていて、癇癪持ちらしさが出ているのでしょう。

いじめをする人間とは

さて、継母にスポットライトを当ててストーリーの展開を見てきましたが、『落窪物語』は、私たち現代人に何を教えてくれたでしょうか。

第一に、いじめをする人間の一つの典型的なタイプを教えてくれます。

①直情径行的な性格で、自制心が乏しい。
②口達者で、攻撃力・反撃力が強い。
③策略をめぐらすのが得意。
④反撃できない批判には、居直りで対応する。
⑤人に恩恵を施されても、感謝しない。

こうした傾向を持った人が、いじめをするタイプだということです。ごく普通にいる人間のタイプです。そういえば、こういう人いる、いる、なんて思っているうちに、第二の教えがやってきます。

いじめる側になってしまう不安

第二に、もしかしたら、自分もいじめる側の人間になってしまうかもしれないという自戒の念を起こさせることです。

継母の言葉を思い浮かべてみると、「自分もそういうことを言いそうな気がする」と思うものが少なくないでしょう？　私たちも、ものすごく癪に障ることを言った人間には、心の中で「死ね！」なんて毒づいていることもある。相手に責められると、「あら、あなたから言い出したのよ！」なんて、相手のせいにする。あるいは、「うるさいわね。もう済んだことでしょ。いまさら言ったって遅いわよ！」とか、「ああ、あれは、言い間違いだったのよ」なんて言って逃れようとすることがある。

ということは、多くの人が、継母のように、弱い立場にいる人間をいじめる側になってしまう可能性があるということです。『落窪物語』は、現代人に、立場によっては、私もあなたも、いじめる側に立ってしまう可能性があることに気づかせてくれます。

いじめた人間を味方につける

第三に、『落窪物語』は、いじめ返すことができるようになってからが、重要ですよと意外なポイントを教えてくれています。散々いじめた人間に仕返しをしてすっきりしてから、恩恵を施して、味方につけ、感謝されるという対処法です。度量が大きくないと、できませんが、確かに知っておいてよい賢い対処の仕方です。

ふつうは、いじめられた人間は、いじめた人間に対しては恨みを抱いていますから、近づきたくもない。でも、そこを乗り越え、最後には味方につける度量の大きさも必要だと教えてくれます。

でも、この対処法を聞いて、『落窪物語』の継母は、きっと言うでしょう、「その手は私には通用しないけどね」と。なにしろ、最後まで感謝しない人でしたから。

新ジャンルは、どのようにして生まれるのか？
――『枕草子』

ここで取り上げるのは、清少納言の『枕草子』。西暦一〇〇〇年ごろにできた日本初の随筆文学。私は、すでに『枕草子』を、男と女のエチケット・人としてのマナーなどの礼儀作法の書として読み、現代によみがえらせる試みをしています。『すらすら読める枕草子』（講談社）が、それです。清少納言は、規範意識が強いので、礼儀作法書としても読め、現代人に有効なエチケットを教えてくれます。

さて、今回は、なぜ清少納言が新しい文学ジャンルである「随筆」を生み出せたのかを考えて、現代の私たちの参考にしたいと思います。

取り上げるのは、日本人なら大抵知っている最初の章段「春はあけぼの」です。この章段は、実は、ものすごく斬新な視点から書かれています。

まずは、原文を

まず、『枕草子』の冒頭の章段の文章を示します。どうぞ声を出して読んでみてください。

春はあけぼの。やうやうしろくなりゆく山ぎは、すこしあかりて、紫だちたる雲のほそくたなびきたる。

夏は夜《よる》。月のころはさらなり、闇《やみ》もなほ、蛍《ほたる》のおほく飛びちがひたる。また、ただ一つ二つなど、ほのかにうち光りて行くもをかし。雨など降るもをかし。

秋は夕暮《ゆふぐれ》。夕日のさして山の端《は》いと近うなりたるに、烏《からす》のねどころへ行くとて、三つ四つ、二つ三つなど飛びいそぐさへあはれなり。まいて雁《かり》などのつらねたるが、いと小さく見ゆるは、いとをかし。日入《い》り果てて、風の音《おと》、虫の音《ね》など、はた言ふべきにあらず。

冬はつとめて。雪の降りたるは言ふべきにもあらず、霜のいと白きも、またさらでもいと寒きに、火などいそぎおこして、炭持《すみも》てわたるも、いとつきづきし。昼になりて、ぬるくゆるびもていけば、火《ひ》桶《をけ》の火も、白き灰《はひ》がちになりてわろし。

（＝春は、夜明け！　だんだん白んでゆく山ぎわの空がほんのり明るくなって、紫がかった雲が細くたなびいているのが、すごくステキ。

夏は夜！　月のある時分は言うまでもないわね。月のない闇夜でも、やっぱり蛍がたくさん乱れ飛んでいるのは幻想的。また、ほんの一つ、二つの蛍がかすかに光って飛んで行くのも、すごく趣がある。雨などの降るのも、風情があるわ。

秋は夕暮れ！　夕日がさして、山の端すれすれになっている時に、カラスがねぐらへ帰ろうとして、三つ四つ、二つ三つなどと飛んで急いで帰る姿までも哀れを誘う。まして雁などが列を組んで飛んで行く姿がごく小さく空のかなたに見えるのは、もう息も詰まるほど感動的。日がすっかり沈んでしまって、風の音や虫の音などが聞こえるのも、これまた言いあらわしようもないほど、ステキ。

冬は早朝！　雪が降ったのは言うまでもない。霜が真っ白に置《お》いたのもいいわね。また、雪や霜がなくても、ひどく寒い朝、炭火などを大急ぎでおこして、それをあちらこちらに持ち運んだりするのも、実に冬の朝らしい。でも、昼になって、だんだん寒さが薄らいでゆくと、丸火鉢の炭火もついほったらかしで白い灰がかぶったままになっていて、よくないわ。）

目の前に、風景が見えてきますね。簡潔だけれど余韻がある。洗練された格調の高い文章です。

風景を描写の対象にする

さて、この文章のどこがそれまでの文章と違って斬新なのでしょうか？ 第一に、風景を正面に据えて描写していること。第二に、その風景が誰も思いつかないような視点から描写されていること。この二点です。それぞれ、もう少し具体的に述べてみましょう。

まず、第一の点について。『枕草子』以前に、風景を正面に据えて、そのすばらしさを描写した散文は、皆無です。『枕草子』以前の仮名で書かれた散文文学としては、『土佐日記』『蜻蛉日記』『竹取物語』『うつほ物語』『落窪物語』がありますね。韻文と散文の中間的な位置にある歌物語の『伊勢物語』『大和物語』も入れておきましょう。

　これらの作品を隅から隅まで読んでも、風景を正面に据えて書いた文章は見当たらないのです。風景に触れる文章はあるのですが、それは物語の展開に必要なものばかりです。現実の風景そのものを正面に据えてそれを描写しようとしているわけではありません。たとえば、『竹取物語』の蓬莱の玉の枝を探しに行った時に出てくる風景は、登場人物のくらもちの皇子の捏造した架空のものです。彼は、実際に蓬莱の山に行っていないのですから。

　また、『うつほ物語』に出てくる風景も、琴の音のすばらしさを称えるために作り出された架空の風景です。琴の音があまりにも感動的なので、山が崩れたり、大きな布団くらいの大きさの雪が降ってきたりする。現実にはありえない風景です。

『土佐日記』は、紀行文的な日記なのですから、風景そのものを正面に据えた描写があってもよさそうなものですが、全く見られません。海が荒れたという記述はあるのですが、その時の船から見た海の情景などは描かれていない。『蜻蛉日記』でも、風景は出てくるのですが、それは自分の心の在り方をうつすための手段です。

それに対して、『枕草子』の文章は、現実の風景を正面に据えて、その魅力を描写している。これが、ものすごく画期的な点です。絵画の世界でたとえてみると、それまで人物画が主流であったのに、突然、風景画を描いた人が出たという感じです。

自然を時間の観点から切り取る

次に、第二の、清少納言の風景を切り取る視点が実に斬新であることを説明しましょう。

たとえば、私たちが「春で最も感動的な風景を一つあげてください」と人に言われたとします。あなたは、どんな風景をあげますか？　多くの人は「桜の咲き乱れた風景」と答えるでしょう。私もむろん、その風景を例示しそうです。絢爛豪華に咲き乱れる桜の美しさは、何といっても感動的ですからね。

でも、清少納言は、春で最も感動的なのは「あけぼの（＝夜明けの頃）」と言います。時間の観点から切り取った風景を提示する。思わず「えっ」と意表を突かれます。山ぎわがだんだん白んでいって、やがて空がほんのり明るくなって、紫がかった雲が細くたなびいている。最高よね、なんて言う。風景といっても、刻々と変わりゆく自然美をあげるのです。だから、ものすごく新鮮。

続いて、夏で一番感動的な風景は「夜」、秋は「夕暮」、冬は「つとめて（＝早朝）」。すべて、時間の観点から切り取られた風景です。そして、刻々と移り行く自然美を的確に鮮明に描写している。実に巧みです。誰が、時間の観点から風景をとらえようと思うでしょうか？　清少納言に一本取られた感じがします。

刻々とうつりゆく風景の美しさは、絵画でも決してとらえることができない。絵画は、ある一瞬の静止画だからです。『枕草子』は、絵画でもとらえられない風景を文字で写し取っているのです。

紫式部も『源氏物語』に取り入れた

こんな鮮烈な風景描写の文章を、『源氏物語』の作者・紫式部が見逃すはずがありません。『枕草子』に見られる風景描写を、巧みに『源氏物語』が取り入れている痕跡が指摘できます。たとえば、『枕草子』の「九月《ながつき》ばかり夜《よ》一夜《ひとよ》降り明かしつる雨の」（一二五段）に出てくる雨あがりの後の見事な風景描写を、『源氏物語』は巧みにアレンジして取り入れています。『枕草子』は、雨あがりの翌朝の光景をこう記しています。まずは、現代語訳で要約的に記しておきます。

> 一晩中雨が降り続いた翌朝、朝日がさんさんと降り注ぎ、庭の植え込みにかかった露が輝き、今にもはらはらと落ちんばかりになっている。蜘蛛の巣にも雨の雫がかかり、白い玉を貫き通したようになっている。少し日が昇ると、昨夜の雨に濡れた萩などが、露で重そうにしなり、露が落ちるたびに枝が動き、人が触れたりしないのに、いきなり上に跳ね上がったりする。

最後の文の、少し日が昇った時の萩の様子を写した部分の原文は、こうです。

すこし日たけぬれば、萩《はぎ》などの、いと重げなるに、露の落つるに、枝うち動きて、人も手触れぬに、ふと上《かみ》ざまへあがりたるも、いみじうをかし。

（＝少し日が高くのぼってしまうと、萩などがひどく重たそうなのに、置いた露が落ちると、枝が動いて、人も手を触れないのに、さっと上の方へ跳ねあがったのも、とても風情がある。）

『源氏物語』では、この原文を記した部分を下敷きにしているのではないかと思われる情景描写に出会います。末摘花《すえつむはな》邸の様子を描いたところです。『源氏物語』では、雨ではなく、雪なのですが、雪の重みに耐えかねてしなっていた橘の枝から雪を落としてやると、傍の松の木がひとりでに跳ね上がってさっと雪を散らす様子です。こんなふうに描いています。

橘《たちばな》の木の埋《うづ》もれたる、御《み》随身《ずいじん》召して払はせたまふ。うらやみ顔に、松の木のおのれ起きかへりて、さとこぼるる雪も、（『源氏物語』末摘花）

（＝橘の木が雪に埋もれているのを、御随身を呼んでお払わせになる。それを羨み顔に、松の木がひとりで起き返ると、さっと雪がこぼれ落ちるのも、）

人も触れないのに、一人で起き返る植物の描写。似ていますね。紫式部のこと、『枕草子』の印象的な風景描写を巧みに取り込んだ可能性はありますね。取り入れたくなるほど、『枕草子』の風景描写は優れていた、とも言えます。

随筆という新ジャンルを生み出せたのは？

清少納言の文章は、以上述べたように、まことに斬新。①それまでに描写対象として取り上げられることのなかった風景という新しい対象を散文世界に取り入れたこと、②しかも、その風景を、普通の人が思いつかないような「時間」の観点から描き出していること。その観点は、絵画にすることもできず、文字でしか描写できない観点でもあります。

こうした清少納言の特性は、従来の散文の文学ジャンルには収まりきらないものです。日々の出来事を書き記す日記でもない。ストーリーの展開を中心にする物語でもない。では、何か？　自分の考えや感じたこと、体験や見聞を思いのままに綴れる新ジャンルを創出する以外にありません。それが、随筆です。こうして、清少納言は、随筆という新ジャンルを生み出したと察せられます。

いい意味での自己主張は、大切

清少納言が、随筆という新ジャンルを生み出せたのは、考えてみると、彼女が自分の個性を大切にしたからです。周りの人々に合わせてものを見たり、周りの人の意見に従っていたりしたら、新ジャンルは生み出せなかった。周りの人の目を気にすると、新しい題材に着目したり、他の人とは全く違う視点から物をとらえることが制限されてしまうからです。

「私は、これがいいの！」という自己主張をしたからこそ可能になった道です。何か新しい道を切り開こうと思ったら、いい意味での自己主張が必要なことを、『枕草子』は私たちに教えてくれています。

自己主張と言えば、清少納言は、既に散文を書くという時点から、自己主張をしているのです。彼女の父は、歌人の清原元《もと》輔《すけ》。『後撰和歌集』の撰者の一

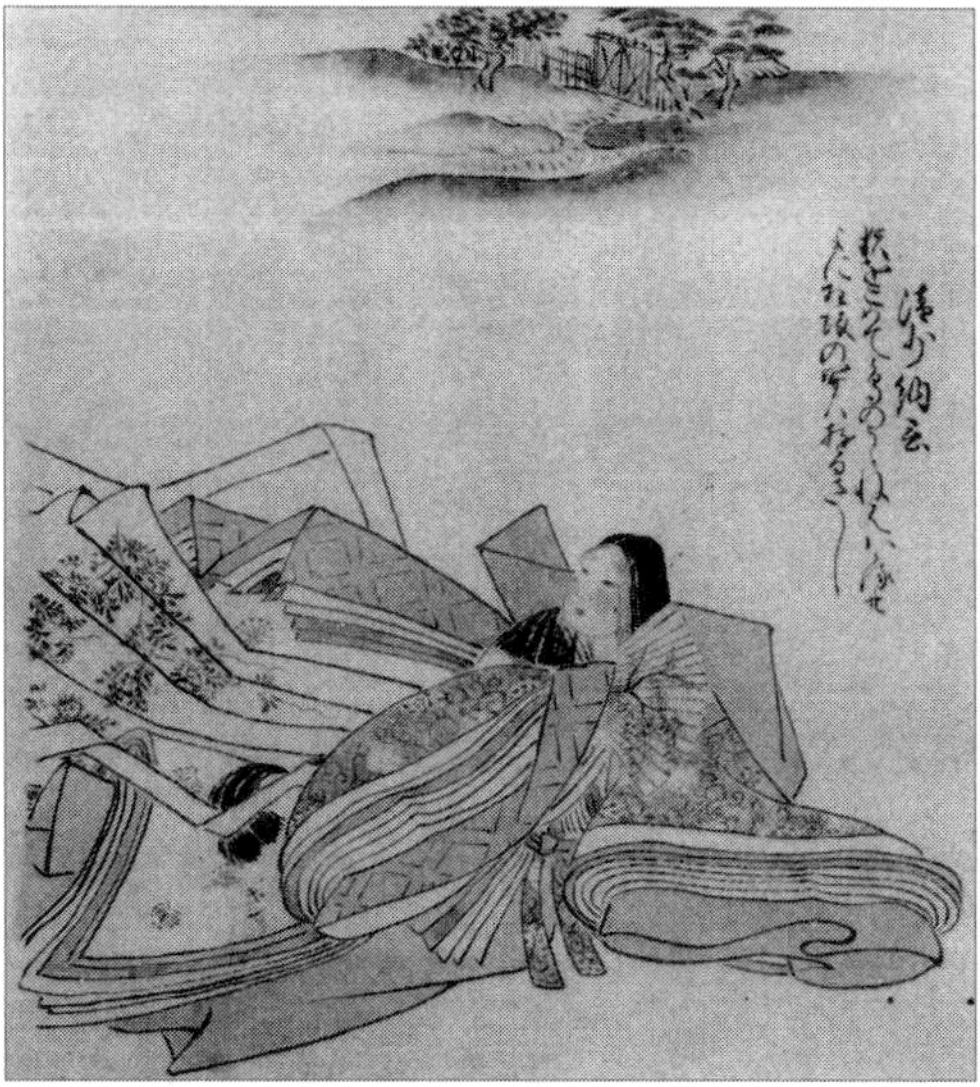

図14　狩野探幽『百人一首画帖』模本に描かれた清少納言。
（『図説 日本の古典6　蜻蛉日記・枕草子』集英社より）

人で、有名な歌人。さらに彼女の曽祖父は、清原深養父《ふかやぶ》。これまた歌人として名を馳せた人。『古今和歌集』をはじめとする勅撰集に多くの歌を残しています。そんなわけで、清少納言は、歌人として活躍することを期待された環境に生まれ育ってしまった。それが、彼女には相当のプレッシャーでなかなか歌が詠めない。

『枕草子』には、ホトトギスの声を聞いて歌を詠むはずで出かけたのですが、結局一首も詠めずに帰ってきて、お仕えしている中宮定子に笑われたというエピソードが出てきます。のちには、彼女は、定子との間で、歌を詠まないでいいという約束さえ取り付けています。ここが、彼女のいい意味での自己主張です。

和歌を詠むことが自分に向いていないことを自覚し、それを周囲に認めさせているのです。そして、自分に合った散文の世界に身を投じていく。歌詠みの家に生まれ育っても、それを継がないという自己主張をしたのです。

この生き方は、現代人に大いに参考になります。代々医者の家であっても、医者に向いていなければ、やめて、他の自分に向いていることをやったほうがいい。いい意味での自己主張は大切よ！　清少納言は、涼しい顔でそう言っている気がします。

いい夫婦関係を保つには
――『源氏物語』(1)

『源氏物語』は、古今東西に名を馳せている日本の誇るべき古典。世界各国で翻訳され、愛読されています。今から一千年余り前にできた作品。にもかかわらず、現代にも十分通用する。それほど人間洞察が優れています。

作者の本名は分かりませんが、女房名は紫式部。五四巻から成ります。光源氏の活躍する前編(「桐壺」の巻から「幻」の巻まで)と、光源氏亡き後の息子や孫の活躍する後編(「橋姫」の巻から「夢浮橋」の巻まで)に分けられます。後編は、いわゆる「宇治十帖」と呼ばれている部分ですね。

この「宇治十帖」については、作者が紫式部ではないという説もありますが、私は、

「源氏物語の比喩表現と作者」（山口仲美著作集1『言葉から迫る平安文学1』風間書房、二〇一八年一〇月にも収録）の論文に記したように、作者は、前編と同じ紫式部と考えています。同一作者でないと理解しにくい現象がいくつも挙げられるからです。

また、前編は、内容上、大きく二つの部分に分けられます。第一部は、巻一の「桐壺」から、巻三三の「藤裏葉」までの光源氏最盛期の話。彼の絢爛たる愛の遍歴が語られています。第二部は、巻三四の「若菜上」から巻四一の「幻」まで。第一部と打って変わって、光源氏の中年以後の苦悩に満ちた人生が展開していきます。『源氏物語』の真骨頂は、この第二部にあります。

この本では、前編の第一部からは「いい夫婦関係を保つには」というテーマを設定し、第二部からは、「夫婦関係に亀裂が入る」と「相手の密通を背負って生きる」の二つのテーマを設定し、『源氏物語』の内容紹介をしながら、私たちが生きるための知恵を引き出します。

後編からは、「二人の男に揺れると、どうなる？」というテーマで、内容紹介をしつつ、私たちの生き方の参考にすることにします。

相手への無関心な態度

　では、早速、「いい夫婦関係を保つには」というテーマで、『源氏物語』前編の第一部にアプローチしましょう。「いい夫婦関係」は、「悪い夫婦関係」と比較すると、明らかになることが多いので、ここでは、光源氏といい夫婦関係を築けなかった正妻・葵の上と、いい夫婦関係を築いた妾妻・紫の上の二組の夫婦に注目します。

　光源氏が最初に結婚した女性は、葵の上。光源氏は一二歳、葵の上は一六歳。今でいえば、二二歳と二六歳くらいの若

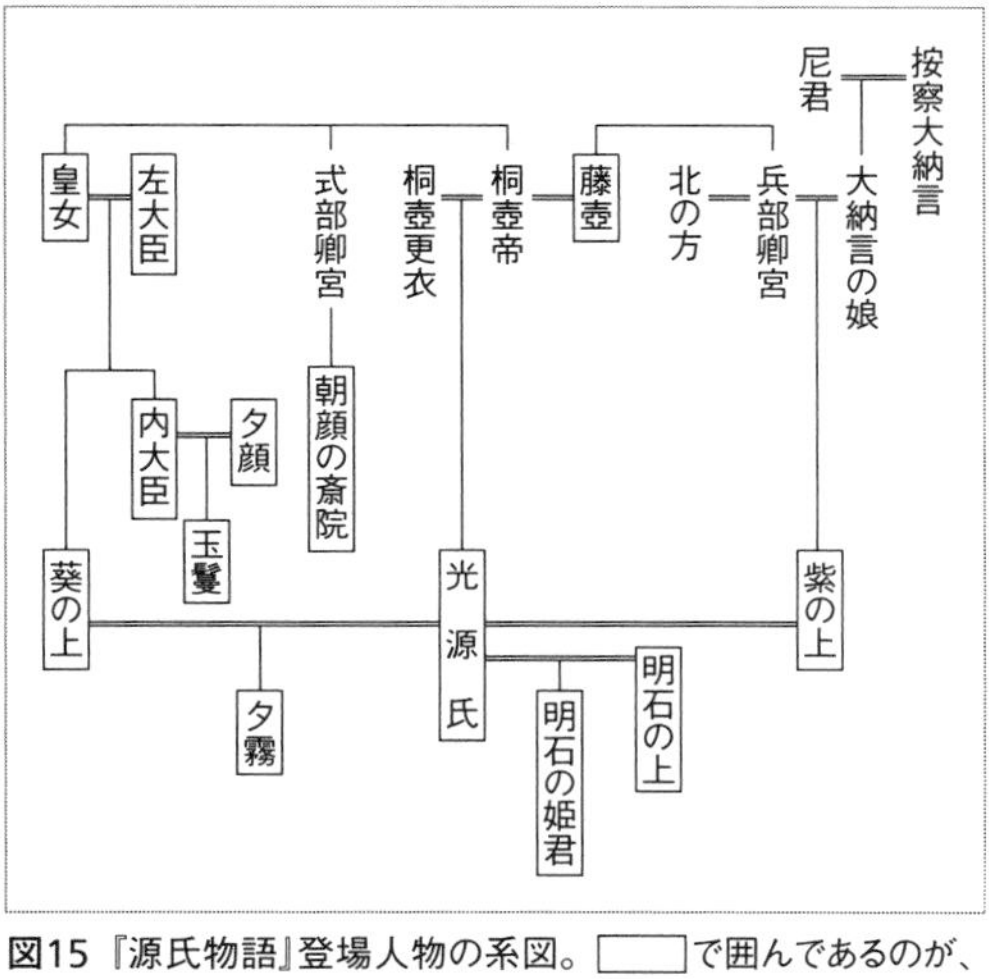

図15『源氏物語』登場人物の系図。□で囲んであるのが、この章での登場人物。

いカップルです。四歳年上の姉さん女房ですから、夫の心をうまくつかみ操れる気がするのですが、実際は、逆でした。葵の上は、父が左大臣、母は天皇の娘という高い家柄の一人娘であったので、甘やかされて育ったんですね。相手の状態を思いやったりする訓練ができていなかった。

光源氏が、マラリヤ風の病気にかかり、発熱を繰り返して自宅で病臥。まだ新婚ですから、夫が妻の家に通っていく生活です。夫が病気と聞いても、葵の上は、見舞いの便り一つ寄こすわけでもない。ふつうだったら、夫が病気なんですから、心配して様子を尋ねてきますよね。でも、葵の上は、夫を気遣うそぶりさえみせない。病気とか言って、他の女性の所にでも通っているのだろうと疑っていたのかもしれません。そんな疑いがあるのなら、なおさら、夫の様子を尋ねなくてはなりません。にもかかわらず、葵の上は、われ関せずの姿勢です。

夫は、一か月ほど病に伏し、久々に妻の所にやってきて、たまりかねて妻に言った。

「時々は世の常なる御気色《みけしき》を見《み》ばや。たへがたうわづらひはべりしをも、いかがとだに問《と》ひたまはぬこそ、めづらしからぬことなれど、なほ恨《うら》めしう。」（若紫）

（＝「時々は、世間並みの妻らしいご様子を見たいものです。ひどく病気で苦しんでいたのをさえ、いかがですかともお尋ねくださらないのは、いつものことで珍しいことではありませんが、やはり恨めしいことで。」）

原文の下の（　）に入っているのは、巻名です。夫が病気で寝ていても、知らんぷりしている妻の態度に、夫は、やはり一言、不満を言わずにはいられない。「めづらしからぬこと」とありますから、妻は、いつも夫に対して、こういう無関心で冷ややかな態度をとっていることが分かります。妻らしい思いやりを見せたっていいではないかという夫の思いはもっともです。

相手を傷つける言葉を吐く

こう言われて、妻はどう答えたか？　葵の上は、短く一言だけ、口にしました。

「問はぬはつらきものにやあらん。」（若紫）

（＝「おたずねしないのはつらいものでしょうか。」）

「なに↑」と、思わず目を見開き怒ってしまいそうな一言です。葵の上の言葉は、忍んで通う程度の、浅い男女関係につかう古歌の一部を取って、夫に恨みを述べたのです。妻の気持ちは、「安否をたずねてもらえないのがつらいものなら、私の気持ちも良く分かるでしょう。あなただっていつも私のことを放っておいて訪ねてくれないではありませんか。たまにやってきて勝手なことをおっしゃらないで」というものです。

夫は、長患いの病気だったんです！　しかも、葵の上はれっきとした正妻なんです！恋愛関係の初期に定番の、恨みを述べる場合ではありません。

大切にかしずかれて育った妻は、夫に対する思いやりに欠けている。のみならず、お門違いの恨みの和歌の言葉を引用して夫に対抗してしまったのです。

夫も腹を立てる

年若い夫は、むっときて言い返します。

「まれまれはあさましの御言《おんこと》や。問はぬなどいふ際《きは》は異《こと》にこそはべるなれ。心憂《こころう》くものたまひなすかな。」（若紫）

（＝「たまになにかおっしゃると、ひどいお言葉ではありませんか。『問はぬ』などという仲は、私たちにはあてはまらないのですよ。情けないおっしゃり方をなさるんですね。」)

夫の怒りは、よく分かります。妻は、自分たちが正式の夫婦であることさえしっかり認識していない。のみならず、訪れてくれないつらさを夫にも味わわせてやりたいなどと言うのです!

夫に、全くの見当違いの発言であることを指摘されて、妻もカチンときた。というのは、そのあと、夫が、寝室に入って妻を誘っても、寝室に入らずにいるからです。夫は、寝室で夫婦関係のむずかしさを思いあぐねています。うまく行かない夫婦は、こんなふうに互いの言葉がどんどん悪い方に向かって行ってしまいます。

葵の上は、このあと、長男夕霧《ゆうぎり》を出産した直後に命を落としてしまいます。

程度に応じて嫉妬する

葵の上亡き後、光源氏に愛された紫の上は、葵の上とは対照的な女性です。紫の上は、幼い頃に母を亡くし、一〇歳くらいで光源氏に引き取られ養女として育てられました。

その後、光源氏が二二歳、紫の上が一四歳の時に、光源氏の妻になった人です。正式な結婚をしていないので、妾妻の一人ですが、美貌・才能・人柄などが人一倍優れ、光源氏の愛を一身に受け、第一の妻としての地位を築いています。

既に述べたように、当時は一夫一妻多妾制。法律的・社会的に認められた正妻は一人ですが、その他、社会的に認められた複数の妻たちがいます。いわゆる妾妻です。光源氏は、絶世の美男子で、政治力・経済力も抜群、おまけに細かい所まで神経の行き届いたやさしい男性。女性にもてないはずがありません。紫の上と結婚しても、光源氏は、多くの女性と関係をもちます。そうした中にあって、紫の上が、

図16 光源氏は小柴垣から覗き見すると、この上なくかわいらしい少女を見た。左端で横向きに立っている少女が、後に紫の上になる人だった。（『絵本源氏物語』貴重本刊行会より）

光源氏の最愛の妻であり続けたのは、いい夫婦関係を築けていたからです。

まず、紫の上は、夫の行動や態度に関心をもって、注意深く観察しています。そして、紫の上は、その時の夫の関心の的になっている女性が、どの程度夫の心をとらえているのか、おおよその見当をつけています。さらに、驚くべきことに、夫のその女性に対する愛情の程度に応じて、嫉妬心の表し方を微妙に変えています！

たとえば、容貌に見放された末摘花《すえつむはな》とか、おっとりして邪念のない花散里《はなちるさと》などには、全く嫉妬しません。それに対して、明石の上は、夫の気持ちをそれなりにつかんでいる。そういう場合は、かわいい嫉妬の仕方をして夫の心が明石の上に向かわないような努力をしています。明石の上は、京都の中心から離れた大堰《おおい》に住んでいるので、彼女のところに夫が通う時は、泊《と》まりがけです。出かける夫を見送りながら、紫の上は夫に言います。

「斧《をの》の柄《え》さへあらためたまはむほどや、待《ま》ち遠《どほ》に。」（松風）

（＝「斧の柄が朽ちてお取り替えになるほどの長い間でしょうかしら。お帰りが待ち遠しいわ。」）

「斧の柄さへあらためる」は、当時よく知られていた故事。木こりが童子の打つ碁を夢中になって見ているうちに、斧の柄が朽ちて取り替えねばならないほどの時間がたっていたという話です。「そのくらい長いご滞在かしら？　お帰りが待ち遠しいわ」と夫に声を掛けています。夫が早く帰って来たくなるような言葉です。

明石の上の所に、夫が出かける時は、紫の上はいつも才気煥発な言葉をかけ、夫の帰りを待ちわびていることを伝えています。出がけの一言は、道々思い出したりすることの多いものですから、きわめて効果的。

さらに、朝顔の斎院のように、夫がかなり真剣に思っている女性に対しては、紫の上は嫉妬心を表面化させません。

よろしきことこそ、うち怨《ゑん》じなど憎《にく》からずきこえたまへ、まめやかにつらしと思《おぼ》せば、色にも出だしたまはず。（朝顔）

（＝どうでもいいようなことであれば、かわいらしげに恨み言を申し上げたりなさるのだけれど、今は心底嘆かわしいお気持ちなので、それを顔色にもお出しにならない。）

でも、観察は怠りません。夫が真剣な時に、嫉妬心をあらわにして夫を攻め立てれば攻め立てるほど、夫が相手の女性の方に行ってしまうことをよく心得ているのです。幸い、朝顔の斎院は堅物で、光源氏の熱心なプロポーズに応じなかったので、一件落着でした。

また、養女にした玉鬘《たまかずら》に、夫が今にも手を出しそうなほど、惹かれているのを察知した紫の上は、夫に釘を刺しています。

「うらなくしもうちとけ頼みきこえたまふらんこそ心苦しけれ。」(胡蝶)

(＝「心の底からすっかり打ち解けてあなたをお頼り申し上げていらっしゃるのは、お気の毒ですわ。」)

紫の上も、光源氏の養女から妻にされた人ですから、勘が働くのです。夫は、「何と気のまわることよ」と思って、自分の心がどれほど無分別でとんでもないことかと反省し、踏みとどまりました。

こんなふうに、夫の心の傾き具合をしっかり把握し、それに応じて嫉妬の仕方を変え、夫をコントロールする腕前は、なかなかのものです。夫の関心のありどころとその深さを注意深く見守っているところから生まれる知恵です。

話し合える話題が多い

光源氏と紫の上は、実によく共通の話題で話し合っています。

たとえば、雪の夜、夫婦は雪景色を見ながら、二人の共通の知人たちを話題にして、人物批評を展開しています。まずは、光源氏が心を傾けた藤壺のこと。藤壺は、紫の上の叔母に当たります。夫は、藤壺の奥ゆかしい人柄、芸事の才能などを、しみじみと追慕して語る。そして、藤壺に比べて「あなたは、似ているけれど、きかぬ気が強いのが困ったものだ」などと、ついでに紫の上への批評も加える。紫の上はもちろん黙って聞いている。

さらに朝顔の斎院の気性は格別で、話し相手として最高だと夫は評価する。妻は、「朧月夜《おぼろづきよ》こそ賢くて優れたお人柄なのに、いろいろ合点の行きかねることもありましたね」と述べれば、夫も朧月夜をほめたたえる。さらに、二人は明石の上、花散里の人柄を話し合う。

　また、光源氏と紫の上は、物語についても、語り合っています。光源氏が「姫君の前では色恋沙汰の物語などは読んで聞かせないほうがよろしい」と述べれば、紫の上も「いかにも色恋沙汰をまねしたりするのは、はた目にも見るに堪えない」と同意。

　さらに、紫の上は、当時広く読まれていた『うつほ物語』についても言及し、登場人物「藤原の君（貴宮《あてみや》のこと）」に対しては、「分別があってしっかりした人なので、間違いはないようですけれども、そっけない物言いや物腰も女らしいところがないようで、それもやはり同じようによろしくないように思われます」と批評しています。

　また、ある時は、仮名の筆跡批評。また、ある時は、和歌についての批評。さまざまな話題で語り合っています。そのほか、夫婦で、天皇の前で催される絵画比べに出品する作品を選定したり、お正月に着る女性たちの衣装を選定したりしています。夫婦で話し合える話題が豊かであることは、いい夫婦関係を築いている証です。

相手に事実を正直に話す

　また、光源氏は、紫の上にできるだけ隠し事をしない努力をしています。

たとえば、光源氏が明石に流《る》謫《たく》の身であった時に関係を持った明石の上のことは、すぐに京都にいる紫の上に手紙で知らせています。さらに、明石の上との間に子供ができたことを知った光源氏は、紫の上に打ち明け、その子の将来を相談しています。

「同じ心に思ひめぐらして、御心に思ひ定めたまへ。いかがすべき。ここにてはぐくみたまひてんや。」(松風)

(＝「私と一緒にいろいろ考えてくださって、あなたのお考えでお取り決めください。どうしたものだろう。あなたが育ててくださるわけにはいきませんか。」)

すべてを打ち明けられ、子供の養育の相談を受けた紫の上は、自分に子供がないうえに、大の子供好きですから、「少し笑みをおもらしになって、引き取って手ずから養育したいものだとお思いになる」とあります。

また、光源氏は、紫の上には、かつて関係した夕顔のことも、人柄なども含めて隈《くま》なく話し、夕顔と内大臣(昔なじみの頭中将)との間に生まれた玉鬘を養女にしたいという気持ちを打ち明けています。そして、光源氏は、こう言っています。「こうした機会にすべて打ち明けてお話しするのは、格別にあなたを大切にお思い申し上げているからです」と。最愛の妻に事実を正直に語り、意見を求め、協力を仰いでいます。

いい夫婦関係というのは、夫婦の間で隠し事が少ないことです。でも、光源氏は、誰にも知られてはならない密事や、紫の上に余計な嫉妬心を起こさせたり、心配させたりすることは、周到に避けて話していないことも押さえておきたいところです。

笑顔で語り合っている

現代でも、さまざまな夫婦に出会って観察していると、夫婦関係が分かることが多いですね。話し合っている時に互いに笑顔であるのは、良い夫婦関係を築いているカップルです。

光源氏と紫の上の関係も、第三者から見ても、仲睦まじいことが描写されています。たとえば、嵐の翌日、見舞いに来た夕霧が、偶然見てしまった光源氏と紫の上の様子の描写です。夕霧は、光源氏と葵の上との間に生まれた長男です。

何ごとにかあらむ、聞こえたまふ声はせで、大臣《おとど》うち笑ひたまひて、（野分）

（＝なにをおっしゃっているのか、紫の上がお申し上げになるお声は聞こえないが、

大臣が笑い声をおたてになって、）

とあります。「大臣」とは、光源氏のことです。また、こうも描写されています。

とばかり語らひきこえたまふけはひどもいとをかし。女の御答《いら》へは聞こえねど、ほのぼの、かやうに聞こえ戯《たはぶ》れたまふ言の葉のおもむきに、ゆるびなき御仲《なか》らひかなと聞きゐたまへり。（野分）

（＝しばらく語り合っていらっしゃるお二人のご様子は、なんともいい雰囲気。女のご返事のほうは聞こえないけれど、かすかにこうして戯れ言を申し上げておられるその言葉の様子から察して、お二方の水も漏らさぬ睦まじさよ、と中将（夕霧）は聞き入っておられる。）

光源氏と紫の上は、水も漏らさぬ夫婦仲。二人の間には、笑顔が絶えません。

いい夫婦関係を保つ秘訣

光源氏と葵の上、光源氏と紫の上の夫婦関係は、いかがでしたか？　男性は同一人物ですから、女性の対応の仕方によっていかに異なる夫婦関係ができあがるかが良く分かって面白いですね。いい夫婦関係を保つ秘訣は、次のような五つのことに要約できそうです。

第一に、相手に関心を持ち、相手を理解しようとする心構えが、良い夫婦関係を築くための基本だということです。うまく行かない夫婦は、自分のことばかり考えて、相手の状況に何の関心も払わないことが、最大の原因ですね。

結婚生活は、二人で協力し合って営むものですから、相手が何を望んでいるのかを知ったり考えたりする必要があります。紫の上は、夫の心の状態や関心のありどころを常に観察し、的確に把握し、夫の心をしっかりつかんでいます。これがいい夫婦関係を築くコツです。

嫉妬の表し方に一工夫

第二に、さまざまなレベルの嫉妬の仕方があり、それを臨機応変に使い分けることも、いい夫婦関係を保つためには、有効だということです。これは、意表を突かれました。

私たち現代人は、相手が他の異性に心を移していることを知った時、怒って相手をひたすら追及してしまうことが多い気がします。でも、紫の上のように、相手の心の燃え具合をしっかり把握し、かわいい嫉妬で相手の心を取り戻すことも、あるいは、釘を刺して思い留まらせることも、あるいは、黙ってしばらく様子を見ることも、可能なのです。その時に最も適切な対処法を取ることが効果的なのです。

相手からの注意に耳を傾ける

第三に、相手に注意されたりしたら、ひとまずそれを受け入れ、反省してみることが良い夫婦関係を保つためには必須です。葵の上のように、反省するどころか、逆切れして対抗していくのは、夫婦仲を悪くしてしまう原因です。葵の上は、夫から思いやりを求められたのに対し、怒って平素の自分の不満をぶつけてしまいましたね。

相手からのクレームには、とかくカアッとしがちですが、ひとまず耳を傾け、相手の言っていることが、正しいと思えれば、素直に詫びればいいのです。すると、相手も言いすぎたかなと思ったりして、二人の間の距離が縮まり、仲直りしやすくなります。

夫婦の間は、他人の間柄よりもずっと近いので、ともすると、頭に来ることも多いのですが、そんな時は、相手も人格を持った別の人間なのだという意識をどこかに持っていると、比較的落ち着いて対応することができるように思えます。

隠し事をせず、話し合える間柄に

第四に、相手といろんな話題で語り合えることが、いい夫婦関係を保つためには有効です。光源氏と紫の上の対話を思い出してください。実にいろんなことを話し合い楽しんでいました。

第五に、当然のことですが、夫婦の間に隠し事をできる限り作らないことが必要だということです。自分がかつて関係した異性のことでも、相手に協力してもらわないと達成不可能な事態である時は、すべてを隠さずに話して、相手に納得してもらう必要があるのです。

うまく行っている夫婦は、外から見ていても、気持ちのいいものです。互いに笑顔でゆったりとした良い表情をしています。夕霧が見た、光源氏と紫の上も、仲睦まじい様子でしたね。

＊　＊　＊

光源氏と紫の上は、以上に述べたように、水も漏らさぬ夫婦関係を築いていました。ところが、ある事件をきっかけに夫婦関係に亀裂が入り、その後、光源氏も紫の上も互いに孤独な道を歩んでいくことになってしまいます。

夫婦関係の恐ろしいところは、どちらかのほんのちょっとの気のゆるみで、あっという間に崩壊への道を辿ってしまうことがあることです。一体、二人の間に何があったのでしょうか？　次章の「夫婦関係に亀裂が入る」に進みましょう。

夫婦関係に亀裂が入る
——『源氏物語』(2)

女三の宮の降嫁を直ちに承諾

光源氏は、もうじき四〇歳。当時にあっては老境に近い。紫の上は、三二歳。夫とは水も漏らさぬ夫婦関係を築いていました。もう大丈夫、紫の上は、浮気っぽい夫も落ち着いてくれると信じていました。

ところが、突然、光源氏に結婚話が持ち上がった。朱雀院が、愛娘の女三《おんなさん》の宮《みや》を光源氏に降嫁したいというのです。女三の宮は、娘盛りの一三歳。光源氏は、その話を受けたでしょうか？　断ろうと思えば、そうできたのに、光源氏は、朱雀院に即答したのです。

「かたじけなくとも、深き心にて後見《うしろみ》きこえさせはべらんに、おはします御蔭《おほむかげ》にかはりては思《おぼ》されじを、ただ行く先短《さきみじか》くて仕《つか》うまつりさすことやはべらむと疑《うたが》はしき方《かた》のみなむ、心苦《こころぐる》しくはべるべき」
（若菜上）

（＝「もったいのうございますが、この私が真心こめてお世話申し上げましたならば、現在のあなた様がお守りになるのと同様に思し召しいただけましょうが、ただ私とてこれから先の命も短く、途中でお仕えできなくなりはせぬかと、その懸念だけが気がかりでございまして」）

自分の命が短いことだけが心配だが、女三の宮のお世話はお引き受けしますと答えたのです。朱雀院は、光源氏の息子の夕霧も、婿の候補として挙げたのですが、光源氏は、彼は万事未熟だという理由を述べて退けています。

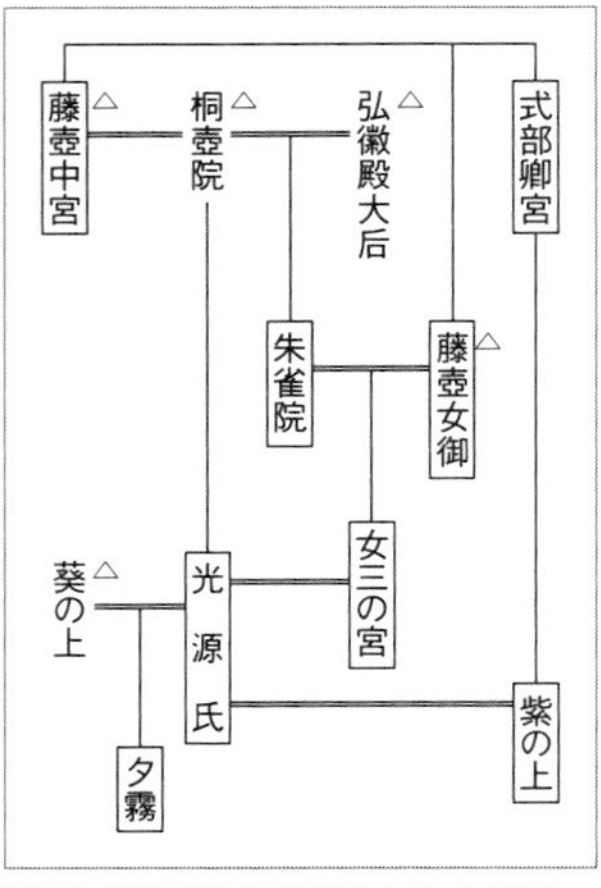

図17『源氏物語』登場人物の系図。□で囲んであるのが、この章での登場人物。△は故人。

光源氏は、なぜ、こんなに積極的に女三の宮の降嫁を望んだのでしょうか？　一つは、女三の宮は、彼が若い時に全身全霊を傾けて愛した藤壺中宮の姪に当たっていることです。浮気心、発動です。若くて、藤壺中宮の面影があるに違いない女性を妻にしてみたい！　それに加えて、女三の宮は、皇女です。そんな女性を妻にできるのは、男の勲章。浮気心と功名心に煽られて、光源氏は、朱雀院からの申し出を、紫の上に一言も相談することなく、承諾してしまったのです。

妻を刺激しないように言い出す

紫の上に、光源氏はこのことをどう説明するのでしょうか？　翌日、昔のことや行く先のことを話し合っている時に、光源氏は、実にさらりと何気ないように言いました。

「女三《をむなさん》の宮《みや》の御事《こと》をいと棄《す》てがたげに思《おぼ》して、しかしかなむのたまはせつけしかば、心苦しくて、え聞こえ辞《いな》びずなりにしを、ことごとしくぞ人は言ひなさむかし。」

（若菜上）

（＝「院が女三の宮の御ことを見捨てて出家しがたく思われて、私に後見を依頼なさったので、お気の毒で、辞退できなくなってしまったのですが、世間では大げさに取りざたするでしょうね。」）

光源氏は、院に直接頼まれて、どうしてもすげなく辞退することができなかったと説明しています。

続けて、具体的に婚礼の時期まで言うのです。

「深き御山住《やまず》みに移《うつ》ろひたまはむほどにこそは、渡したてまつらめ。あぢきなくや思《おぼ》さるべき。」（若菜上）

（＝「院が山深い寺にお移りになる頃には、女三の宮をこの六条院にお迎えしましょう。あなたは不快にお思いだろうか。」）

紫の上には、寝耳に水の話です。噂はちらっと耳にしたことがあるけれど、夫がまさか引き受けるとは夢にも思っていなかったのです。いきなり女三の宮と結婚するという話を聞かされ、結婚式の日取りまで告げられてしまったのです。

夫は、一気に説き続ける

夫は、妻に返事の隙も与えず、一気に説き続けます。

「いみじきことありとも、御ため、あるより変《かは》ることはさらにあるまじきを、心なおきたまひそよ。かの御ためこそ心苦しからめ。それもかたはならずもてなしてむ。」(若菜上)

(=「たとえどんなことが起ころうとも、あなたに対して今までと変わることは決してないはずですから、女三の宮を快からずお思いくださいますな。女三の宮のほうこそ、お気の毒なんですよ。でも、あちらも見苦しくないようにお世話しましょう。」)

夫は必死になって、紫の上に対する自分の愛の変わらぬことを誓い、女三の宮のことを気にするなと力説しています。この結婚で、気の毒な思いをするのは女三の宮のほうであるとまで言います。自分たちの仲は、誰にも割って入れないほど強い絆で結び付いているからという気持ちです。そして、自分と一体になって、新しくやってくる娘のような女三の宮の世話をしようと言うのです。

あなたも私も、おそらく、光源氏の顔に平手打ちを食わしたい思いに駆られたと思います。「ふざけんじゃあないわよ。何が一緒に世話をしようなのよ！」と言いながら。
では、当の紫の上は、どう振舞ったでしょうか？

妻は、冷静に対応した

紫の上は、夫も拍子抜けするほど冷静に答えました。

「あはれなる御譲《おほむゆづ》りにこそはあなれ。」（若菜上）

（＝「お気の毒なご依頼のようですね。」）

紫の上は、重大な事柄になればなるほど、感情を外に表さないことを前章で述べました。今回は、今までの浮気沙汰とは比べものにならないほど、深刻な事態です。紫の上は、夫の愛情だけを頼りに今日までやってきました。長年にわたって、彼女は、光源氏の造営した六条院に住む妾妻たちのトップであり、その地位に慣れています。

そこに、女三の宮がやってくるということは、トップの座を譲り渡すということです。女三の宮は皇女ですから、正妻としての地位です。当然、妾妻の紫の上より上位です。紫の上は、トップの座を奪われるという事態になったのです。紫の上は、その事態を一瞬のうちに理解しています。彼女が次のように述べているからです。

「**ここには、いかなる心をおきたてまつるべきにか。めざましく、かくてはなど咎《とが》めらるまじくは、心やすくてもはべなむを、**」(若菜上)

(＝「私などが、どうして宮様に快からぬ思いなど抱くことがありましょう。あなたの妻として、この六条院に住んでいることは目障りでけしからんなどとお咎めがないなら、安心して、ここにおりましょうが、」)

紫の上の、謙遜した物言いは、正妻として女三の宮がやってくれば、自分は彼女が許してくれなければ、出て行かざるを得ない地位に転落したことを意識した発言です。さらに、紫の上は、こうも頼みます。

「**かの母女御《にょうご》の御方《おほむかた》ざまにても、疎《うと》からずおぼし数《かず》まへてむや。**」(若菜上)

(＝「あちらのお母様のご縁からでも、親しくお仲間入りさせていただけないでしょうか。」)

女三の宮の母(藤壺女御)と紫の上の父(式部卿宮)と藤壺中宮は、兄妹です。だから、女三の宮と紫の上は従姉妹《いとこ》同士で、ともに藤壺中宮の姪に当たります。でも、女三の宮は内親王、紫の上は、父にも認められなかった娘です。身分と格式は、女三の宮の方がずっと高い。紫の上の謙遜した物言いは、身分の上下をふまえたものです。紫の上は、とっさに物事を見抜き、自分の立ち位置を瞬時につかむ回転の良さを持った女性です。

だが、夫は、紫の上のこうした心の動きを見通すことはなく、「こう快くおゆるしくださるのも、どういうわけかと心配になります」と述べています。夫は、恐れていた紫の上の腹立ちも嫉妬もなく、ほっとした気持ちのほうが強かったのでしょう。さらに、紫の上は、夫の意向を汲んで、新しく迎え入れる女三の宮の下に自らへりくだって、和を持って接すると言います。

深い亀裂が走る

こんな紫の上の言葉が本心でありうるでしょうか？　おそらく紫の上は、夫の結婚話を聞いて、瞬間的に判断したのです。いまさら騒ぎ立てても、もはや事実は動かない。だとしたら、憎らしいことを言わずに、夫の意向に合わせたようにして、角立てずにふるまうのが一番賢明な方法だと。

嫉妬心を自制するというような次元の問題ではないのです。光源氏にそれまでいなかった正妻の座を獲得した女性が、六条院に輿入れしてくるのです。紫の上は、これまでのトップの妻の座から、引きずり降ろされるという事件なのです。

紫の上の自尊心は、深く傷つきました。でも、傷ついた心を人に悟られることは、一層みじめに思えます。彼女は、女三の宮との結婚話を打ち明けられた時、夫からすっと遠のき、自分の本当の心を隠したのです。極端な自己卑下は、本心を悟られまいとする必死の防衛であったに違いありません。夫には、それが分からなかった。水も漏らさぬ夫婦関係に、深い亀裂が入った瞬間です。

妻は、はじめて夫を突き放した

女三の宮が、六条院に輿入れしてきました。紫の上は、夫に気を合わせたふうに用意万端を整えています。それは、光源氏の妻として、社会に対する精いっぱいの矜持でもあります。

女三の宮は、会ってみると、ひたすら子供っぽくて、紫の上の美貌・教養・人柄の魅力に比すべくもない。光源氏は、後悔し、涙ぐんで、紫の上に言いました。結婚三日目の夜のことです。当時、男性は、結婚して三日間は、どんなことがあっても、結婚相手と寝室を共にしなければなりません。

「今宵《こよひ》ばかりはことわりと許したまひてむな。これより後《のち》のとだえあらむこそ、身ながらも心づきなかるべけれ。またさりとて、かの院に聞こしめさむことよ。」（若菜上）

（＝「今晩だけは、やむを得ないこととお許しくださいましょうね。これから後、あなたの所に来ない夜があったら、それこそ我ながら愛想がつきるというものでしょう。でも、そうかといって、女三の宮をおろそかにすると、院の耳に入ることになるのも気がかりでして。」）

明日からは、紫の上の所に毎夜通うと言いつつ、院の思惑が気になるから、女三の宮の所にも通わざるを得ないというのか。どちらなのだ？　上の人の思惑ばかりを気にしている光源氏の態度に、読者の私たちも腹が立ってきます。紫の上も、そんな優柔不断な夫を見て、苦笑して答えます。

「みづからの御心ながらだに、え定めたまふまじかなるを、ましてことわりも何も。いづこにとまるべきにか。」（若菜上）

（＝「ご自分のお心でさえ定めかねていらっしゃるようですのに、まして私などには、道理とも何とも決められるはずがありません。あなたのお心は、どこに落ち着くものやら。」）

紫の上は、はじめて、夫を突き放す言葉を吐きました。彼女のほうが、よほどつらいのです。この時、彼女は、女三の宮の所に向かう夫の身支度まで整えてやっています。自分は、一体、何だったのか。彼女は、自問し、苦しみ、何も言わずに耐えていました。その本心が、自責の念に駆られている夫の発言をきっかけにふと口をついて出たのです。そして、硯を引き寄せて、歌を書きつけました。

目に近く　移《うつ》れば変はる　世の中を　行く末遠《とほ》く　たのみけるかな（若菜上）

（＝目の当たり、時が移ればこうも変わる私たちの仲でしたのに、行く末長くとたよりにしておりました）

彼女は、本当に長く夫を信頼し、頼りにし、愛情を育んできました。彼女には、子供もなく、後ろ盾もなく、夫だけが頼りだったのです。その夫が自分を裏切ったのです。彼女は、痛切に愛の頼りなさを感じていました。

夫は、歌で、自分たちの仲が特別で永遠だとくりかえしています。不信感の芽生えた妻の心には、夫の歌が白々しく吹き抜けていったでしょう。

出家願望を伝える

女三の宮を迎え入れてみると、紫の上がいかに優れた女性であったかが、いまさらのように分かり、紫の上に対する光源氏の情愛は、以前の何倍にも増しました。紫の上は、そうした夫の情愛を誇らしく思い、以前のような理想的な夫婦に戻ったでしょうか？聡明な紫の上のこと、夫に従い、以前よりも情のこまやかな、仲睦まじい夫婦に戻ったようにふるまっています。正妻の女三の宮にも、彼女は、夫に言った通り、自ら卑下して接し、忍従し、仲の良い間柄をつくりあげました。

でも、彼女の心は、孤独でした。それは、彼女がまじめに「心静かに仏のお勤めをさせてほしい」と、夫に頼む言葉からも察せられます。出家は、男女の関係を断つことであり、現代で言えば、別居や離婚に当たります。紫の上には、いまさらの夫の情愛も、いつ変わるかもしれない定め無きものと映っています。結婚生活の空しさ、男女の情愛のはかなさ、そういったものを見定めた人の諦観から出た出家願望です。今の生活を離れ、仏道に専念したいと考えるような孤独な世界を歩んでいたのです。

夫は、むろん、彼女の出家願望をとんでもないことだと非難して思いとどまらせています。夫は、妻の心の奥底に流れる孤独感を理解していなかったのです。

愛情さえあればと思う夫

夫は、自分がこんなに愛しているのだから、紫の上に不満があるはずはないと思い込んでいます。夫は、自分が政治的に失脚して流謫の身になって別離していた時だけは紫の上につらい思いをさせたけれど、それ以外には紫の上を悩ませたことはなかったはずだと言います。

でも、すぐに女三の宮のことを思い出し、「思いもかけず、女三の宮がこうしてこちらへお輿入れになっていることは、ちょっとつらくもありましょうが、それにつけては、いよいよまさる私の愛情の深さを、ご自分のことだから、あるいはお気づきでないかもしれませんね」と言っています。夫は、自分の情愛さえ勝れば、妻は満足すると思っています。

でも、妻は、以前の妻ではなく、愛情にすがって生きることがどんなにむなしいものかを、身にしみて知ってしまっています。すでに、妻の心は、夫からは遠いところにたたずんでいます。

分かり合えない間柄に

もはや二人は、理解し共鳴し合えない間柄となっていました。でも、紫の上は、そんなことは決して言いません。夫の言葉を柔らかく受けつつ、「おっしゃるとおり、寄るべのない私の身には、過分の境遇のようによそ目には見えることでしょうが、私の心には耐えられない嘆かわしさばかりがついてまわります。でも、それが、かえって私が生きるための祈りになってきたのでしょうね」。

悩みがあるから、生きられたと彼女は言います。静かな悟りの感じられる言葉です。

ロジカルダイエット
3か月で「勝手に痩せる体」になる

清水 忍

たちまち4刷!

二度と太らない体になりたいなら本書は必ず役に立つ。ダイエットを論理《ロジカル》的に突き詰めれば、筋トレも有酸素運動も痩せる効果は期待できず、食事を管理するほうが合理的だとわかる。摂るべきカロリー量の算出法は？　それでも運動が要るのはなぜ？　リバウンドをどう防ぐ？　あらゆる疑問に明快に答え、あなたを痩せた人間に生まれ変わらせる超合理的メソッド。

●990円

日本の10大カルト

島田裕巳

2022年7月8日に起こった安倍晋三元首相の暗殺事件以来、旧統一教会（現・世界平和統一家庭連合）をはじめとするカルト宗教に注目が集まっている。だが、そもそもカルトとは何か？　単なる新宗教とカルトの線引きは？　本書では日本社会でカルトとして扱われてきた代表的10団体を選び、創設の経緯、特徴、現在の信者数、今後予想される展開などを概説した。

●1056円

アリの巣をめぐる冒険
昆虫分類学の果てなき世界

丸山宗利

アリの行列をじっと眺めていると、アリ以外の生き物が何食わぬ顔で混じっていることがある。アリの巣にはさまざまな昆虫が居候しているのだ。そんな好蟻性《こうぎせい》昆虫に魅せられて研究を続ける著者。居候たちの正体とは？　どんな目的で棲んでいる？　そこには驚くほど多様な、虫たちの生存戦略があった。汗と忍耐と興奮の冒険を、若き昆虫学者が綴った名著の新装版。

●1144円

話題のベストセラー

新・幕末史

グローバル・ヒストリーで読み解く列強VS.日本

好評3刷!

NHKスペシャル取材班

写真・下関戦争で連合国によって占拠された長府の前田砲台
（フェリーチェ・ベアト撮影、長崎大学附属図書館蔵）

戊辰戦争の裏で、列強による日本植民地化計画が進んでいた！

西郷隆盛、坂本龍馬、勝海舟らが主役となった幕府と反幕府勢力の戦いの背後では、世界の覇権を争うイギリスとロシア、そしてフランス、プロイセンなどの列強が、日本への影響力強化を目論み、熾烈な攻防を繰り広げていた。そんな中で日本はなぜ独立を守れたのか。国内外の最新研究や機密文書を踏まえ、黒船来航から戊辰戦争終結までの激動の十六年を描き出す。

機密文書が明らかにしたロシアの対馬占領計画／戦争の一歩手前だった幕府とイギリス／大政奉還にはグレート・ゲームが深く関わっていた／暗躍するプロイセンの武器商人とガトリング砲／誰がための勝利だったのか　…ほか

●1210円

夫の、ちょっとした浮気心と功名心によってもたらされたものは、夫婦関係の破綻という余りにも大きな代償でした。

プライドが踏みにじられた時

『源氏物語』の前編第二部は、次の章と合わせて、人生の深淵をのぞき込むような深さをたたえています。この章でも、重要なことを現代人に示唆しています。

人にはプライドがあり、それを踏みにじられた人は、踏みにじった人と接点を持とうとしなくなるという重い真実を現代人に教えてくれています。

光源氏は、自分の愛情さえあれば、紫の

図18　右上にいるのが、紫の上。静かな悟りの境地に至って、やがて息を引き取る。左下にいるのが、光源氏。涙をぬぐっている。(『国宝　源氏物語絵巻』五島美術館2000より)

上は満足すると思い込んでいましたね。妻にも、プライドがあることを全く忘れています。紫の上は、女三の宮が正妻としてやってくるまでは、光源氏の第一の妻として、社会に認められ、一目置かれ、自分自身も誇りを持って生きて来ました。それなのに、その誇りは、夫の独断専行によって決められた女三の宮の降嫁という事態に遭遇して、無残にも踏みにじられてしまいました。

　光源氏には、そのことが全く理解できていないのです。紫の上にも、プライドがあることに気づいていたなら、光源氏は、おそらく、紫の上に相談したはずです。

　紫の上は、信頼していた夫から何の相談も受けずに、いきなり第一の妻の座を奪い取られるという事態に直面してしまったのです。女三の宮より格下の妾妻でしかないことを正面から突き付けられ、六条院の主《ぬし》から引きずり降ろされ、彼女のプライドは、深く傷つきました。

　プライドとは、その人の心の一番奥に存在し、普段は顕現してこない。でも、それが一たび傷つけられると、自分の存在意義まで否定されたように思えるという、重く本質的なものです。

現在でも、離婚を選択する人の多くは、意識しているか否かは別にして、自分のプライドが相手によって深く傷つけられたためではないかと私は考えています。プライドが、傷つけられると、傷つけた相手ともはや接点を持てないと感じてしまいます。紫の上も、光源氏に出家を願い出ていましたね。事実上の離婚です。紫の上は、夫によってプライドが傷つけられ、もはや夫とは接点が持てないと痛感したのだと思います。

＊　＊　＊

光源氏は、紫の上のプライドを傷つけて、修復不可能な夫婦関係に陥ってしまいましたが、実は、光源氏も、新しく迎えた女三の宮によって、耐えがたい苦しみを味わうことになってしまいます。

さあ、次の「相手の密通を背負って生きる」の章に進みましょう。

相手の密通を背負って生きる
――『源氏物語』(3)

期待外れの幼な妻

紫の上の心を失ってまで決行した光源氏と女三の宮の結婚は、うまく行ったでしょうか？　紫の上の孤独感については、前章で既に述べました。一方、光源氏も孤独になり、紫の上とは全く異質の苦悩に満ちた人生を歩みはじめます。

昇り行く太陽のごとく辺り一帯に強い光線をまき散らして、人々を魅了してきた光源氏に、苦悩の影が忍び寄ってきたのです。その姿は、それまでの理想的な光源氏像を打ち破り、人間の匂いを発散しています。

華々しく輿入れして来た女三の宮は、妻と呼ぶにはあまりにもあどけなく幼かった。

光源氏は、がっかりして後悔しました。

などて、よろづのことありとも、また人をば並べて見るべきぞ。あだあだしく心弱くなりおきにけるわが怠《おこた》りに、かかることも出で来るぞかし。（若菜上）

（＝どのような事情があるにせよ、どうして他に妻を迎えることがあろうか。浮気っぽく、気弱になっていた自分の気持ちのゆるみからこのような事態にもなってくるのだ。）

光源氏の呻き声が聞こえてきそうな心中思惟の言葉です。紫の上という理想的な妻がいるのに、ちょっとした気のゆるみから招き寄せてしまった大失策です。でも、事態は、もう取り返しのつかない方向に流れ始めています。女三の宮への期待はずれと紫の上への申し訳なさに光源氏は責めたてられ、後悔は苦悩に進んでいきました。

けれども、光源氏は体面を重んじる人です。大変な人を正妻に迎えてしまったと思いながらも、外に対しては、やはり女三の宮を、自分の選んだ正妻として大切に扱うことを忘れません。そんなにまで女三の宮に気を使っているのに、女三の宮は、柏木という、太政大臣（かつての頭中将）の長男と情を交わしてしまったのです！　光源氏が紫の上の看病に明け暮れていた時のことです。密通は、露見しない限りは、闇から闇に葬り去られます。しかし、柏木と女三の宮の密通は、光源氏が最も苦しむ方向で露見したのです。

男からの手紙を見つけてしまった

光源氏は紫の上のところにいましたが、女三の宮の妊娠を知らされてやってきました。光源氏には、腑に落ちない思いがあります。久しく女三の宮を抱いていないのです。それなのに、妊娠？　女らしくなった女三の宮のもとに、その晩は泊まりました。帰ろうとして、扇を探しているうちに、ふと目に留まったのが、緑の薄様の手紙。何気なく手に取ってみると、「**男の手なり。**（＝男の筆跡である！）」。二枚の紙にこまごまと書いてあるのを読んでみると、「**まぎるべき方《かた》なく、その人の手なりけり。**（＝紛れもなくあの人の筆跡であった！）」。柏木の筆跡だったのです。

　情を交わしたことが歴然とした書きぶり。不用心なと光源氏は思う。女に出す手紙は、相手にだけ分かればよいように書くものだと、恋の道のベテランの光源氏は心中で批判します。

女三の宮自ら進んでではないことは分かるが、その幼さに舌打ちされる。男が、女房の手引きで寝室に忍び込んできても、本人が近寄りがたく毅然とした態度をとり続ければ、男も手出しができないものです。女三の宮には、それができなかった。頼りなく幼い姫君なのです。光源氏は、女三の宮のみごもった子が、柏木の子であることを知ってしまった！

偶然、動かし得ない証拠を手にしてしまった時、あなたが夫なら、どうなさいます？　ことを公にして離婚するでしょうか？　光源氏は、どう行動したでしょうか。彼は、相手のこと、自分のことをじっくり考えて、正妻の密通を、自分の胸の内にだけとどめる決意をしました。

女三の宮は、皇女です。事実が明るみに出たら、「皇女の密通」として大スキ

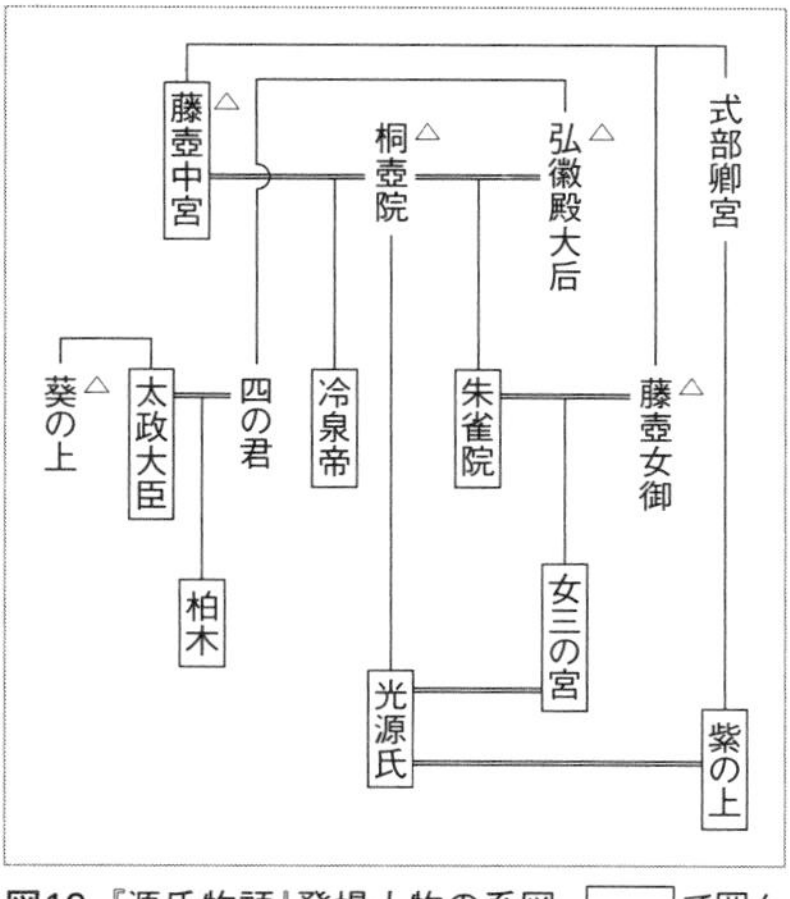

図19『源氏物語』登場人物の系図。□で囲んであるのが、この章での登場人物。△は故人。

ャンダルになってしまい、女三の宮は二度と立ち直れないくらいの深傷《ふかで》を負います。光源氏の方は、女三の宮への監督不行届の非難を浴び、妻を寝取られた間抜けな男として道化の役を引き受けねばならない。けれども、世間の非難の大きさは、女三の宮に比べたら、はるかに小さい。そう考えて、光源氏は、女三の宮の名誉を守る方策をとったのです。

光源氏は、紫の上にもこのことを漏らしませんでした。危篤状態を脱し小康状態を保っている紫の上に話せば、少しは精神的に楽になったかもしれないのに、光源氏は、ぐっとこらえた。恐らく、すべてもとを正せば、自分の心の奥底に潜んでいた浮気心が原因であることを自覚し、深く反省していたからです。自分で蒔いた種は、自分で刈り取らねばならない。泣き言を漏らさずに、自分一人で責任をとって処理していこうとする光源氏の姿には、成熟した中年男性の覚悟を感じます。

光源氏は、女三の宮に言い聞かせる

誰にも言えない苦しみを胸に抱いて、光源氏は頭を抱えている。と、若かりし頃、彼が継母の藤壺と密通して子をなしたことが脳裡を去来する。それは誰にも知られずに終わり、皇子は父帝の子として育てられ天皇になった。今度の事件は、その天罰のようにも思えてくる。父帝は、自分たちのことを察知していたのであろうか？　何も言わずにそしらぬふりをしていただけなのかもしれない。いまさらながら、彼は亡き父の目を感じ、罪の意識におののく。そして、女三の宮と柏木を許そうと思う。

けれども、妊娠している女三の宮と二人きりになると、彼は、忍耐の緒が切れて、柏木のことをほのめかして脅してしまう。

「思はずに思ひきこゆることありとも、おろかに人の見《み》咎《とが》むばかりはあらじとこそ思ひはべれ。」（若菜下）

（＝「まさかと思うことがおありでも、粗略なお扱いだと人に見とがめられるようなことはすまいと思っております。」）

どんなことをあなたがしたとしても、正夫人の待遇を変えない。それが、院のご依頼にこたえる道だと光源氏は言っています。光源氏は、若い時から、一度その気になったら、最後まで相手を捨てるようなことをしない人です。それにしても、「まさかと思うことがおありでも」と言って、柏木との密通をあてこすっています。

女三の宮は、ただ恥ずかしそうに顔を背けています。光源氏と女三の宮の間には、大人同士の会話は見られません。光源氏が女三の宮に一方的に話しかけたり、教え諭したりする言葉が見られるだけです。光源氏はなおも言い続けます。

「今は、こよなくさだすぎにたるありさまも、侮《あなづ》らはしく目《め》馴《な》れてのみ見なしたまふらむも、方々《かたがた》に口惜《くちを》しくも、うれたくもおぼゆるを、院のおはしまさむほどは、なほ心をさめて、かの思《おぼ》しおきてたるやうありけむ、さだすぎ人をも、同じくなずらへきこえて、いたくな軽《かる》めたまひそ。」（若菜下）

（＝「今では、すっかり年寄りになってしまった私の姿も、見くびってもう飽き飽きしたとご覧になっていらっしゃるようなのも、あれもこれも残念にも情けなくも思われますが、院が御在世の間は、やはり我慢して、院が私を夫とお決めになったのはそれなりのお考えもあったのでしょうから、この老い人をも、同じようにお思いやりくださって、そうひどくお見下しなさいますな。」）

「この老い人をも、同じようにお思いやりくださって」と言っています。誰と同じように「思いやれ」というのか？　情を交わした柏木を匂わせているのです。自分を老人扱いし、極端に自己卑下することによって、強烈な嫌味と当てこすりを言っています。光源氏のせめてもの復讐です。かつて、光源氏は、同性に嫉妬したことがありません。常に勝者でしたから。でも、今や妻を寝取られた老い人なのです。

一人で考えている時は、女三の宮を許そうと思うにもかかわらず、本人を目の前にすると、抑えきれずに不快な言葉を吐いてしまう光源氏。昔物語のヒーロー像を脱し、綺麗事では動かぬ人物として造型され、人間くささを発散して生きています。

光源氏は、最後に女三の宮にしんみりと言って聞かせています。

「**今さらに思はずなる御名漏り聞こえて、御心乱りたまふな。**」(若菜下)

(＝「いまさらに、思いも寄らぬあなたのお噂をお父様のお耳に入れて、ご心配をおかけするようなことはなさいますな。」)

年老いて病気がちな父親に、悪い噂を聞かせて悲しませては、いけないよと、女三の宮にとるべき態度を教えています。ここまで言ってやらねばならない相手なのです。女三の宮は、後から後から溢れ出る涙を抑えることができない。柏木の件では、彼女も彼女なりに苦しんでいるのです。光源氏も、その涙を見ながら、自分の過去の罪におののき、因果応報の思いに捕らわれ、涙にむせんでいます。

密通の相手と対峙《たいじ》する

　では、柏木に対して、光源氏はどのような態度をとったか？　柏木が例になく光源氏邸に顔を見せなくても放っておきました。柏木に迂《う》闊者《かつもの》と思われているようで気おくれがするし、顔を見れば平静でいられるとも思えないからです。

　でも、どうしても柏木を呼ばなければ、周囲の人が疑念を抱くような管弦の催しが、光源氏邸で行なわれることになりました。光源氏は、気持ちを抑えて、柏木を招待。でも、柏木は、重く病んでいる由を申してやって来ない。光源氏も、来ないのは悩んでいるのだろうかと気の毒になってわざわざ手紙をやります。こういう優しさが光源氏の持ち味です。父親も、大した病気ではないのだから、光源氏邸に参上するように勧めます。柏木は、つらさを圧《お》してやってきました。

　柏木は、話に聞いていたとおりすっかり痩せてしまって顔色が悪い。光源氏は、柏木を目の前にすると許しがたい気持ちがふつふつと湧き上がり、優しそうに装って、柏木に声をかけます。

「拍子《ひやうし》ととのへむこと、また誰にかはと思ひめぐらしかねてなむ、」（若菜下）

（＝「拍子を調《ととの》えられるのは、あなたしかいないんで、お越しを願ったよ、」）

柏木は、恥ずかしさで顔色が変わっています。でも、柏木も動揺する心を抑えて、言葉を選び選びして無難な答えをします。

「例もわづらひはべる乱《みだ》り脚病《かくびやう》といふものところせく起こりわづらひはべりて、はかばかしく踏《ふ》み立つることもはべらず、月ごろに添えて沈みはべりてなむ、内裏《うち》などにも参らず、世の中跡《あと》絶えたるやうにて籠《こも》りはべる。」（若菜下）

（＝「持病の脚気というものがひどくなっておりまして、しっかり歩くこともできませず、月日がたつにつれていよいよ弱ってまいりましたので、宮中などにも参上せず、世間とも縁を断ったような状態で引きこもっております。」）

宴もたけなわになりました。光源氏は、沈鬱な顔でふさぎ込んでいる柏木に目を据えて、冗談めかして言ってのけた。

「過ぐる齢《よはひ》にそへては、酔泣《ゑひな》きこそとどめがたきわざなりけれ。衛門督《ゑもんのかみ》心とどめてほほ笑《ゑ》まるる、いと心恥づかしや。さりとも、いましばしならむ。さかさまに行《ゆ》かぬ年月《としつき》よ。老《おい》は、えのがれぬわざなり。」（若菜下）

（＝「よる年波につれて、酔えば泣けてくるという癖はどうにも止められなくなってきましたよ。衛門督が、目敏く見つけて、笑みを浮かべておられるのは、なんとも恥ずかしいことですな。なに、それでも、その若さも今しばらくのことですよ。年月は、逆さまには流れぬもの。誰しも老いは逃れられない。」）

衛門督は、柏木の官職名。光源氏の目は、柏木を射るような光線を発している。柏木が笑っているはずがないではないか。だが、光源氏は、老人の私を馬鹿にしたなと一矢報いなければ気がすまない。おまけに若さも瞬時のことだと痛烈な皮肉を言わずにはいられない。光源氏が、最も人間的な嫉妬の情をあらわにしています。

柏木は、座にいたたまれずに途中で退席しましたが、家に着くなり寝込んでしまった。光源氏は、柏木の神経を痛めつけたのです。

女三の宮は出家する

女三の宮は、柏木の子を生みました。光源氏の息子として盛大な儀式が行なわれる。光源氏は、人前では見事につくろっているが、赤子を喜んで抱く気にはとてもなれない。女三の宮は、光源氏の内々の冷たさがますますひどくなるのを感じて、父の朱雀院がやって来た時に尼になる願いを申し出る。光源氏は、必死で止める。

「などか、いくばくもはべるまじき身をふり棄《す》てて、かうは思《おぼ》しなりにける。なほ、しばし心を静めたまひて、御湯まゐり、物などをも聞こしめせ。」（柏木）

（＝「どういうわけで、これから先、何年も生きられない私を見捨てて、出家するなどというお気持ちになられたのですか？　やはりもうしばらく気持ちをお静めになって、お薬を召し上がって、何かお食事をなさいまし。」）

でも、女三の宮は、光源氏の制止もきかずに出家して尼になってしまった。物語は、この女三の宮の意思決定を、物《もの》の怪《け》の仕業としていますが、たとえそうであっても、女三の宮が初めて自分の意思をあらわにした貴重な場面です。

柏木は、病の床で女三の宮出家のニュースを耳にし、気を落として「**泡《あわ》の消え入るや**

うに」亡くなってしまいました。

光源氏の棘の道

後に残された子を抱き上げる光源氏。その心の苦痛はいかばかりか。何心なく笑む幼児の顔に、柏木の面影が色濃く宿る。その子を自分の子として慈しみ育てなければならない。

三者三様の苦しみの中で、最も苛酷な棘《いばら》の道を歩まされているのは、誰か？　光源氏です。『源氏物語』の作者は、最も能力のある光源氏に、最も苦しい重荷を背負わせました。

世の中で人に語れぬ苦しみくらいつらいものはない。それは、時には、人を狂気の淵に誘う力さえもっています。光源氏は、耐えました。内面は、苦しみのたうち回りながらも、表面は取り繕いつつ平静を装って、最後まで秘密を人に語ることはなかったのです。自業自得だと思う方もいらっしゃるかもしれません。でも、私は、光源氏の精神力の強さに大人の魅力を感じます。

人間の持つ業に苦しみ、時には、耐えきれずにそれをふと表面化させてしまっては、反省する光源氏。そこには、もはや、若かりし頃の理想的な造りものめいた光源氏は存在しません。悩み、のたうち回って苦しみに耐えようとする、リアリティあふれる中年男性がいます。中年以後の人間の匂い溢れる光源氏の姿が描かれているからこそ、『源氏物語』が古代の物語という枠を超えて、人間をえぐり出す小説として現代まで生きながらえてきたのだ、と私は思っています。

生きるとはどういうことなのか？　中年以後の光源氏は、私たちに最も根源的な問いを投げかけ続ける魅力的な存在です。

出家して生きる

『源氏物語』が、なぜ現代まで延々と読み継がれてきた作品であるか、お分かりいただけたのではないでしょうか？　ただ単に、光源氏と多くの女性とのさまざまな恋愛模様を描いた作品ではありません。人間の存在に関わる悩みを読者に突きつけ、考えさせ、人間の悲しみをしみじみと感じさせる作品です。

光源氏と女三の宮の話は、現代人にどんな知恵を授けてくれているでしょうか？　それぞれの立場によって、教えられることは違っていると思います。

たとえば、女三の宮のように、密通事件を起こしても、出家することによって、この世を捨てて生きるという生き方があることを学んだ方もいらっしゃるでしょう。『源氏物語』は、人によって、さまざまな教えを受け取ることができる懐の深い作品です。

苦悩を背負って生きる

私は、やはり光源氏の人としての行動に共感を覚え、教えられます。幼稚な女三の宮を正妻として迎えてしまった光源氏は、心の底から後悔していますが、その原因は自分の浮気心と気のゆるみにあると反省し、自分を責めています。そして、院と結んだ約束をたがえることなく正妻として大切に扱っています。

その正妻がよりによって、柏木と密通したことを知った時も、光源氏は決して騒ぎ立てません。一人でじっと考え、女三の宮に悪評が立たないような配慮をし、離婚するという行動に出ていません。「皇女の密通」という大スキャンダルを防ぐ行動をとっています。そして、正妻としての地位が保てるように、誰にも真相を明かすことなく、じっと苦しみに耐えています。自分の犯した過去の罪を思い起こし、罪の意識にさいなまれ、妻の密通も許そうと努力しています。

にもかかわらず、女三の宮を目の前にすると、嫌味や当てこすりを言ってしまう光源氏。密通の相手になった柏木を目の前にすると、思わず強い目で柏木をにらみつけ、おどし、嫌味を言ってしまう光源氏。現実感あふれる人間の姿が、現代小説さながらの迫力を持って描かれています。

紫の上にでも事実を話せれば、少しは精神的に楽になったかもしれないのですが、光源氏は、自分の蒔いた種ですから、紫の上にも一切事実を話したりしていません。一人で悩み苦しみ呻いているのです。

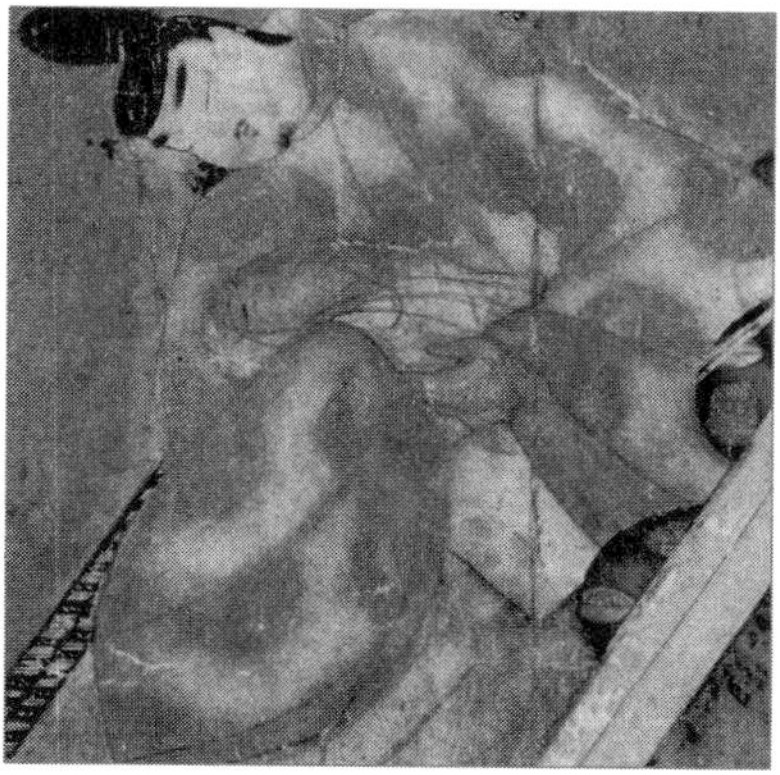

図20　正妻・女三宮の生んだ不義の子を抱き上げる光源氏。(『国宝　源氏物語絵巻』五島美術館2000より)

女三の宮に出家されて育児放棄されても、光源氏は自分の子として育てる決意をして、幼子を見ています。幼子の顔が密通相手の柏木に似ているのを見るつらさ。これから先も、子供の顔を見るたびに、妻の密通を突き付けられる苦しみに耐えて歩み続けていかなければならないのです。

光源氏のこうした姿勢は、現代人に、自分で蒔いた種は自分で責任をもって刈り取ることの苦悩を感じさせ、さらに、それでこそ成熟した人間なのだという重要なことを教えてくれます。

『源氏物語絵巻』には、図20に示したように、女三の宮と柏木の間の子を抱いている光源氏が描かれています。光源氏の心中は、いかばかり。

二人の男に揺れると、どうなる？
——『源氏物語』（4）

浮舟は、薫の愛人として宇治に住む

では、『源氏物語』の後編、いわゆる「宇治十帖」に進みましょう。「二人の男に揺れると、どうなる？」というテーマで、「宇治十帖」を読んでみます。「薫《かおる》」と「匂宮《におうのみや》」という二人の貴公子に愛され、どちらの男性を選ぶべきかを決めかねた「浮舟《うきふね》」の話です。

「薫」は、社会的には光源氏と女三の宮の息子ですが、実際は、柏木と女三の宮の間に生まれた不義の子です。二二歳の時に、それを知り、衝撃を受け、仏道にひかれている青年です。現在、二六歳。「匂宮」は、光源氏の娘である明石の中宮と天皇の間に生まれた子で、光源氏の孫にあたります。現在、二七歳。

「浮舟」は、宇治に住む八の宮と呼ばれる親王と身分の低い母親との間に生まれた娘です。そのため、父親は、「浮舟」を娘とは認めていませんでした。現在、二一歳。

八の宮には、正妻との間に、「大君《おおいぎみ》」「中の君」と呼ばれる二人の美しい姉妹がいます。薫は、この大君を愛していたのですが、結婚に至る前に亡くなってしまいました。匂宮は、薫の仲立ちで、中の君を妻にしています。薫が、いつものように宇治に出向くと、偶然、亡き大君によく似た「浮舟」を目撃。薫は、大君を思い出し、自分の出生の秘密を明かしてくれた弁の尼に仲立ちを依頼しました。

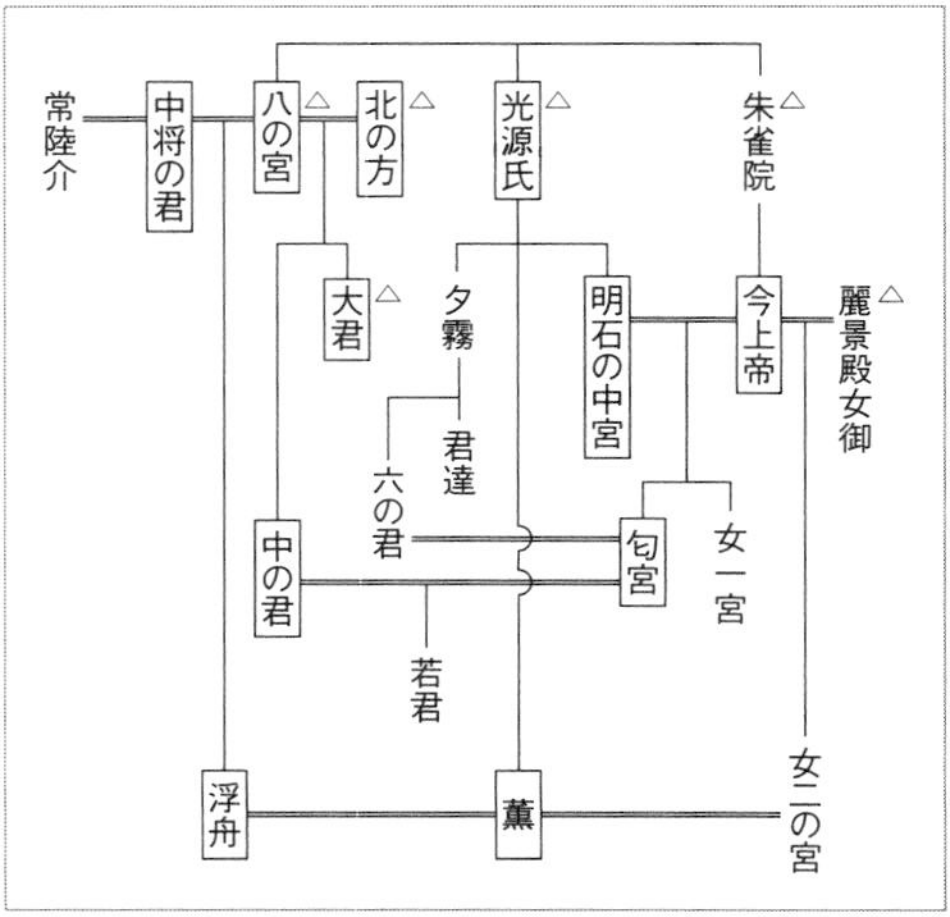

図21『源氏物語』登場人物の系図。□で囲んであるのが、この章での登場人物。△は故人。

三条の隠れ家に移った浮舟の所に、薫はすばやく訪れ、契りを結びました。それから、薫は、浮舟をまずは愛人として宇治にしばらく匿《かくま》っておくことにしました。そのうち、妾妻として京都の別邸に引き取る予定です。

浮舟の容姿と人柄

浮舟は、色が白く、目もと、額髪《ひたいがみ》のぐあい、顔かたちなど、薫が心を尽くした大君に似ています。でも、義理の父に連れられて、東国の田舎で暮らしていたので、趣味や教養が大君よりはるかに劣っていました。

薫は、浮舟に聞いてみました、

「これはすこしほのめかいたまひたりや。『あはれ、わがつま』といふ琴《こと》は、さりとも手ならしたまひけむ。」（東屋）

（＝「琴は、少しは手をお触れになりましたか？『あわれ、わがつま』という東琴《あずまごと》は、いくら何でも弾いていらしたでしょうね。」）

ここで「琴」と言っているのは、「東琴」。つまり、和琴のこと。浮舟が東国《あずま》育ちなので、それに掛けて聞いたのです。なんだか、面接試験を受けているような気分になりますね。でも、浮舟は、素直に答えています。

「その大和言葉《やまとことば》だに、つきなくならひにければ、ましてこれは。」（東屋）

（＝「和歌でさえ不似合いな育ちですので、まして琴などはとても。」）

薫が、「東琴」と言ったので、その別名である「大和琴《やまとごと》」を連想し、そこから「大和《やまと》言葉《ことば》（和歌）」の語を出して、答えています。和琴は、弾けないことが分かりましたが、割合気の利いた答えをしています。薫は少しほっとしました。頭の回転は、悪くはないと。

でも、薫が、ふと誤って、縁起の悪い『和漢朗詠集』の一節を口ずさんでしまっても、そうした方面の教養がないので、浮舟は、おつきの女房とひたすら感心しています。姿かたちは、亡き恋人の大君に生き写しであったけれど、教養に裏付けられた質の高い反応がないのです。薫の夢は、少し破れる。やっぱり大君とは違っている！

でも、気長な薫は、これから趣味と教養をみっちりと仕込んで、女の成長を見守ろうと思っています。浮舟の姿形のかわいらしさに大君の面影を見て、ゆったりとした愛を

図22　右上で絵を眺めているのが浮舟。その下の横向きの女房が右近。浮舟に物語を読んであげている。当時の物語の享受のされ方が良く分かる。左下で髪をとかしてもらっているのが中の君。（『国宝　源氏物語絵巻』五島美術館2000より）

注いでいます。

匂宮が薫を装って、浮舟と契りを結ぶ

宇治は、都から離れているので、薫は間遠にしかやってくることができない。浮舟は、物思いがちに、宇治の川音を聞き、山々を眺めて暮らしていました。

そんなある日の晩、彼女の人生が大きく変わってしまう事件が起きました。夫である薫が来たのだと思って、女房が浮舟の寝室に男を招じ入れると、なんと薫の友人の匂宮だったのです！

薫の声をまね、薫のふりをして、闇に紛れて、浮舟の寝室に入り込んできたのでした。浮舟は、驚き、声を上げようとしたら、口を押さえられて声も出せない。今だったら、絶対に許されない行為ですね。

匂宮は、かつて、浮舟が、中の君を頼って、一時身を寄せていた時に、言い寄ったのですが、周囲の状況に阻まれて、思いを果たすことができませんでした。その時から、この女が忘れられず、ついに薫の愛人になっていることをつきとめ、住まいを探し当て、

十分に計画を練って侵入してきたのです。

ちょっと綺麗な女と見れば、口説き落とす匂宮のこと、浮舟が落ちないはずはありません。浮舟は、泣き続けますが、薫とは違った情熱的な愛され方に、次第に靡《なび》いていきます。

翌朝、女房は、自分の失策に気づきましたが、いまさら騒いだとて何になろう、何もなかったことにしてしまえばよいと考えました。

ところが、匂宮には、薫と違って、他人の思惑や悪口を一切気にしない図太さがあります。朝になっても、帰らず、その日も一日中、浮舟と過ごします。浮舟は、匂宮の自分に対する激しい執着を情愛の深さと思い、これこそが愛と感じています。女は、男の求めるままに、素直に応じる。男は、それをいじらしいと思う。

男は、絵もうまい。美貌の男女の添い寝の絵を描き、こう言います、「**心よりほかに、え見えざらむほどは、これを見たまへよ**（＝思うに任せず、来られない時には、この絵を見ていらっしゃいよ）」「**常にかくてあらばや**（＝いつもあなたとこうしていたい）」。女の心をとろかすような、甘いささやきを口にします。

今や、女の頭の中には、薫など存在しない。罪の意識などは、とっくに忘れ去り、目の前の匂宮との愛に溺れています。匂宮は、薫と違って、女をリラックスさせ、女の心を巧みにとらえる術《すべ》を心得ています。まる二日、浮舟は、匂宮との恋に我を忘れ高揚しました。

薫は、浮舟を京都の家に誘う

何も知らない薫が、ゆったりと宇治にやって来ました。浮舟は、そら恐ろしく恥ずかしい気持ちですが、それにつけても、会いたい気持ちの募るのは、匂宮のほうです。女は、男の激情を知ったのです。自分が薫と会ったということを匂宮が聞いたらと思うと、苦しくてたまらない。

けれども、薫に対していると、優しくしっとりとして、末永く頼りになりそうな人柄です。長く続く愛情があります。この人に、自分の不心得なことが知れ、捨てられてしまったら、どんなに心細いかと、女は、思い悩みます。そんな女の姿を見て、薫は、ずいぶん情愛の分かる大人になったと嬉しく思い、いつもより心を込めて話をします。

「ひきとろうと思ってつくらせている京都の家は、花見もできる。自分の家に近いから、いつも行ける。春頃にそこに移ろう」と。

でも、匂宮も、昨日、静かな場所を用意したと手紙で言ってきたのです。女は、どうしたらいいのか分からなくなって、涙をこぼす。薫は、そんな女の涙の意味を誤解して言いました。

「人のいかに聞こえ知らせたることかある。すこしもおろかならむ心ざしにては、かうまで参り来べき身のほど、道のありさまにもあらぬを。」（浮舟）

（＝「誰かが何か余計なことでもお聞かせしたのですか？　少しでもいいかげんな気持ちでしたら、こうまで苦労してはるばると通ってこられる身分でもないし、道中でもありませんのに。」）

薫は、自分の訪れが間遠なのを恨んで女が泣くと思って、一生懸命慰めます。

でも、折からの美しい夕月夜の景色を眺めていると、薫は、いつしか亡き大君を思い浮かべていました。浮舟のほうは、匂宮を思い、苦しい三角関係に悩み、泣いています。

同じ場所にいながら、薫と浮舟の思いは、完全にすれ違っています。

薫は、浮舟が泣くのをうまく慰めることができずに言いました。

「宇治橋《うぢばし》の　長《なが》き契《ちぎ》りは　朽ちせじを　あやぶむかたに　心さわぐな　いま見たまひてむ。」（浮舟）

（＝「あの宇治橋のように、末永い二人の契りは朽ちはしないでしょうに。不安に思って心配なさいますな。いずれお分かりでしょう。」）

薫は、自分の気持ちの末長く変わらないことを言って聞かせます。事実、薫ほど頼りになる男性はいない。女もそれは分かっています。だが、恋は理性ではない。匂宮に惹かれている自分の気持ちを収めようがないのです。女は言います。

「絶え間のみ　世にはあやふき　宇治橋を　朽ちせぬものと　なほたのめとや」（浮舟）

（＝「絶え間があって、何とも危険な宇治橋ですのに、朽ちないものとして頼みにせよとおっしゃるのですか」）

女の心からの叫びでしょう。薫に救いを求める気持ちで言ったのです。もっと私の所に通ってきて愛して。私にあの匂宮のことを忘れさせるほど。

でも、薫には、浮舟の叫びは届きません。薫は、浮舟の歌を女の決まり文句の歌と受け取ったのです。無理もありません。薫は、匂宮との密通を知る由もないのですから。

匂宮と耽溺の二日間を過ごす

匂宮は、宮中の詩会での薫の様子から、宇治の女を相当愛していることを見て取りました。匂宮は、焦ります。女は、自分よりやはり薫を選んでしまうのではないか。いたたまれず、無理に無理を重ねてやりくりし、浮舟の所に忍んでいきました。雪の積もった寒い晩です。女は、苦労して来てくれた男の心に感激して、胸が震えました。匂宮の奇襲作戦は、効を奏しました。

口の堅い女房だけで画策して、

図23　匂宮は浮舟と世話役の女房一人を連れて対岸の小家に行く。（『絵本源氏物語』貴重本刊行会より）

匂宮を寝室に入れます。翌日、匂宮は、あらかじめ家臣に用意させた対岸の小家に、浮舟と女房一人だけを連れて、小舟に乗って行きます。浮舟は、心細くて男にぴったり身を寄せ抱かれています。川の中ほどの小島に茂る常磐木《ときわぎ》を見て、男は自分の心は、常磐木のように年を経ても変わらないなどと訴えます。女は、答えます。

「橘の　小島の色は　かはらじを　この浮《うき》舟ぞ　ゆくへ知られぬ」（浮舟）

（＝「お約束してくださるお心は変わらないのでしょうけれど、水の上にただよう小舟のような私はどこへ行きますことやら」）

女の呼び名「浮舟」は、この歌から来たものです。恋する心の軍配は、とっくに匂宮に上がっています。でも、匂宮は、異腹の姉・中の君の夫です。姉の夫との密通です。それに、匂宮は、無類の女好きと聞いています。匂宮に身を寄せても、とてもうまく行くとは思えない。その点、薫は愛情表現こそうまくないけれど、安心して身を任せていられる。でも、薫に決めたら、匂宮と別れなければならない。それは、身を切られるよりつらい。

対岸の隠れ家にこもり、二日間、匂宮と浮舟は、官能の赴くままに、甘美な世界を味わい尽くしました。「**かたはなるまで遊び戯《たはぶ》れつつ暮らしたまふ**（＝はた目に見苦しく思われるほど遊び戯れてお過ごしになる）」です。たった二人だけの世界。女は、身も心もすべて男にゆだね、深い一体感に酔いしれていたでしょう。この一体感は、薫との間には、決して生まれない感情です。

浮舟の決めかねる気持ち

いよいよ事態は、急を告げてきました。ついに、匂宮との密通が、薫に知られてしまったらしい。薫のこんな手紙が、女に届けられたからです。

「他の人に心を移している頃とも知らないで、待ってくれるものとばかり思っていました。私を世間の笑いものにしてくださるな」と。

女は、手紙を見てドキッとしたが、まさか匂宮のことを知ったのではあるまい。女は手紙を元通りにして、そのまま返し、「他所《よそ》への手紙が届いたようです」としらを切ったのです。なかなか女もやります！　薫は、女のいる邸宅の警護を厳重にして、匂宮から女を守りました。自分の女を匂宮に寝とられたというのは、世間体も悪い。匂宮は、女に会いに行ったが、警護の人にとがめられ、すごすごと帰らざるを得ませんでした。

訳知りの女房たちは、浮舟に匂宮に決めるように促しています。それに対して、浮舟は、こんなふうに思っています。

なほ、我を宮に心寄せたてまつりたると思ひて、この人々の言ふ、いと恥づかしく、心地にはいづれとも思はず、ただ夢のやうにあきれて、いみじく焦《い》られたまふをば、などかくしもとばかり思へど、頼みきこえて年ごろになりぬる人を、今はともて離れむと思はぬによりこそ、かくいみじとものも思ひ乱るれ、（浮舟）

（＝やはり私のことを、匂宮様に心をお寄せ申していると思って、女房たちがこんなふうに言うのはとてもきまりが悪く、私としては別にどちらをと思っているわけではない。ただ夢のような心地で途方に暮れるばかりで、匂宮様がひどく性急に夢中になっていらっしゃるのをどうしてこれほどまでにと有難く思っているけれど、だからといって、長い間お頼り申し上げてきた薫様を、もうこれっきりでお別れしようというつもりもないからこそ、こうしてひどくつらい思いをしているのに、）

女の決めかねている気持ちがよく出ています。匂宮の情熱にほだされ圧倒されるけれど、かといって長い間世話になっている薫とも別れられない。これじゃあ、決められませんね。

女は、さんざん悩んだ挙句、こう思います。

まろは、いかで死なばや。世づかず心憂かりける身かな、かくうきことあるためしは下衆《げす》などの中にだに多くやはあなる、（浮舟）

（＝私は、どうにかして死にたい。世間離れしたつらい身の上だなあ。こんなつらい目に遭う例は、下々の者の中にだってめったにないだろうに、）

浮舟は、二人の男のどちらかに決められずに、自殺という第三の選択肢を思いついたのです。薫は、匂宮を警戒して浮舟の住む辺りの警護をますます強化。

浮舟は、女房の右近が話してくれた、右近の姉の話も思い出して、身につまされます。右近の姉は、常陸《ひたち》の国で二人の男に関わり合っていたが、姉は後からの男に少しだけ余計に心が傾いていた。すると、前からの男が妬んで、後からの男を殺してしまった。そして、姉の所にも通ってこなくなった。姉にも責任があるというので、お屋敷を追い出されてしまったという話です。

浮舟が悩みに悩んでいると、匂宮が「どうなのか、どうなのか」と待ちきれない様子で聞いてきます。浮舟は、追い詰められて、こんな考えになっていきます。

とてもかくても、一方一方《ひとかたひとかた》につけて、いとうたてあることは出で来なん、わが身ひとつの亡《な》くなりなんのみこそめやすからめ。昔は、懸想《けさう》ずる人のありさまのいづれとなきに思ひわずらひてだにこそ、身を投ぐるためしもありけれ。（浮舟）

（＝どのみちこうなっては、どちらのお方に従うにしても、全く不吉なことが持ち上がってくるに違いない。ここは、自分一人だけが消えてしまうのが一番無難であろう。昔は、思いを寄せる男の心に優劣がつけがたいのに思い悩んで、それだけでさえ、川に身を投げる例もあったのだもの。）

まして、自分は、高貴な男性二人の板挟みになって不貞を犯したのだから、世間の笑いものになってしまう。それよりは、一思いに川に身を投げて死んでしまおう。浮舟は、さらに、入水自殺への道を突き進んでいきます。

この浮舟の考え方を、物語の語り手は、「いかにもあどけなくおっとりしていてなよなよした感じのお方であるけれど、高貴の血筋にふさわしく身の処し方を心得るといったこともなく育てられてきた人であるから、少しばかりこうも激しく恐ろしいことを考えついたのであろう」と解説しています。

右近は、悩みの極致に達している浮舟に言います、「どちらかお一方にとお決めになって、あとはどうともなりゆきにお任せなさいまし」と。

浮舟の後日譚

でも、浮舟は選べなかった。進退窮《きわ》まり、誰にも言わずに、宇治川に身を投げるつもりで、夜、家を出てさ迷い歩いて、そのまま行方不明に。

浮舟の書置きから、右近は、入水自殺だと思い、浮舟の母に話しました。薫は、浮舟失踪の日から四十九日目に立派な法要を営みました。匂宮は、失踪を聞いて一時病気になったけれど、悲しみもまぎれるかと、新しい恋を始めています。

実は、浮舟は生きていました。小野の里で、ひっそりと、過去を一切語らない尼になって。入水自殺は、未遂に終わったのです。薫は、そのことを知り、浮舟に手紙をやりました。すべてを許すから、帰ってくるようにと。けれども、浮舟は、薫の手紙に返事をしようとはしません。もはや、苦しみに満ちた男と女の世界に、二度と足を踏み入れる気はないのです。『源氏物語』は、こうして幕を閉じます。

官能の世界の魅せられる

匂宮と薫という二人の男性に愛され、どちらの男性に身を任せればいいのかを決めかね、入水自殺をはかってしまう浮舟を、どうご覧になりましたか？

浮舟は、なぜ一人の男性に決められなかったのでしょうか？　私は、彼女が官能の世界の誘惑に勝てなかったことが、最も大きな原因だったと考えています。

浮舟は、おそらく頭の中では分かっていたはずです。匂宮に身を任せた時に襲ってくるリスクを。まずは、匂宮の妻になっている異腹の姉・中の君との間に生まれる軋轢、さらに、無類の女好きの匂宮に飽きられ捨てられるリスク。この二つの大きなリスクを意識していたと思います。だから、匂宮に身を任せるのは危険だと認識できてはいた。

にもかかわらず、何の問題もない薫を選べないのは、匂宮によって開眼した甘美な官能の世界を捨てることができないからです。官能の嵐は、彼女にとっては、何ものにも代えがたい「生きている証拠」に思えたのだと察せられます。

官能の世界の魅力の虜になってしまい、それを打ち負かす理性の力を働かせることができなかった人間の悲劇を、作者は、現代の私たちに伝えているように思えます。

出家という選択肢は？

皆さんの中には、二人のうちの一人を選べないからといって、入水自殺などしないで、出家という選択肢もあったのではないかと思った方もいらっしゃるでしょう。

いやいや、匂宮との恋愛で味わった甘美な官能の世界から抜け出せない状態では、出家は、とても思いつかない選択肢です。出家という選択肢が出てくるのは、官能の世界から解き放たれた時です。事実、浮舟も入水自殺が未遂に終わり、生死の境をさまよった後、男女の情愛から解放され、ようやく出家にたどり着いています。

『源氏物語』は、人間にとって、官能の世界がどれほど魅惑的でかつ破滅的な面を持ったものかを語っていると思えます。男と女の究極の世界を垣間見せ、考えさせて、『源氏物語』は、見事な幕引きを図っています。

危うい恋を実らせる方法
——『和泉式部日記』

ここで注目するのは、『和泉式部日記』。一一世紀の前半、『源氏物語』とほぼ同時期にできた作品です。『和泉式部日記』というタイトルで通用していますが、室町時代以前は、『和泉式部物語』というタイトルのほうが一般的でした。

私は、かつて「『和泉式部日記』作者の意図―「物語」をめざして―」（山口仲美著作集2『言葉から迫る平安文学2』風間書房、二〇一八年一〇月にも収録）という論文を書いたことがあります。『和泉式部日記』という書名が、現在では一般化しているけれど、作者が目指していたのは「物語」であったことを論証したものです。

「日記」とみると、不可解な点がたくさんあるのです。たとえば、①「日記」だったら、主語は一人称の「私」ですね。自分のことを書くのが「日記」ですから。ところが、『和泉式部日記』では、「女」と記されている主人公がいるのです。

それから、②「日記」だったら、見えない場面は推測の形でしか書けません。ところが、見えない場面を現実に目の前で起こっているように描写する場面がいくつもあります。これらの不可解さは、「日記」ではなく、「物語」を意図して書かれた作品と考えると、きれいに解決できます。

まあ、その問題にはこれ以上深入りすることは避けて、ここでは現在一般に広まっているタイトルに従って、『和泉式部日記』としておきましょう。ここでの目的は、そこに記された恋のテクニックを明らかにし、現代人の役に立てることなのですから。でも、主人公が「女」と記されていることだけは、覚えておいてください。

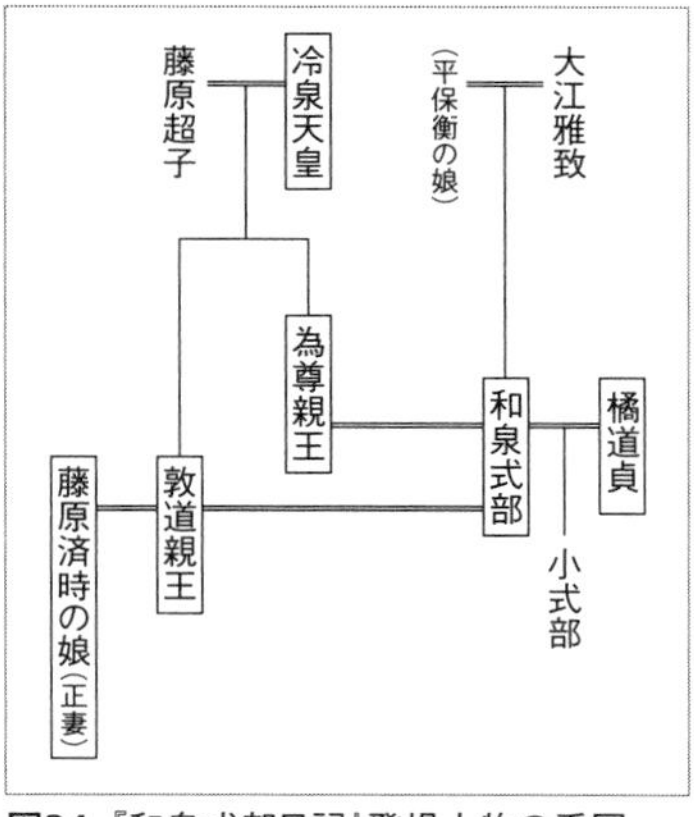

図24『和泉式部日記』登場人物の系図。□で囲んであるのが、この章で登場する人物。(　)は、不確実であることを示す。

『和泉式部日記』は、長保五年（一〇〇三年）四月から長保六年（一〇〇四年）の正月までの一〇か月にわたる和泉式部と敦道《あつみち》親王の恋愛を、「歌」を中心に書き記したものです。敦道親王は、冷泉天皇の皇子。受領階級出身の和泉式部とは桁違いの身分です。つまり、この恋愛は、男女の間に格差がある時の、恋愛成就法の伝授というわけです。

自分から誘いをかける

なぜ、こんなに格差のある男女の間で恋愛が始まったのか？　実は、和泉式部は敦道親王の兄にあたる為尊《ためたか》親王と大恋愛になり、為尊親王が夜な夜な和泉式部の所に通ったために、体力消耗して病気になり亡くなったと言われ、「悪女」呼ばわりされていました。そもそも、和泉式部には、夫がいたのですから、夫をも裏切っていたのです。

和泉式部は、愛する為尊親王を失い、呆然として一年がたった。庭を眺めていると、為尊親王の弟にあたる敦道親王から橘の花が届けられた。橘の花は、昔の人を思い出すよすがとされていた花です。亡くなってしまった元恋人をしのぶ橘の花を贈られて、返事をしなくてはならない。

さあ、あなたなら、どんな返事をしますか？　私なら、せいぜい「お尋ねくださってありがとうございます」という趣旨の平凡な返事を書くでしょう。でも、和泉式部は、そんな陳腐な返事はしない。彼女は、こんな歌を詠んで、使いの童《わらわ》に渡したのです。

薫《かを》る香《か》に　よそふるよりは　ほととぎす　聞かば
やおなじ　声やしたると

（＝いただいた橘の薫る香で亡き兄宮様をしのぶよすがにするよりは、あなたのお声をじかにお聞きしたい。兄宮さまとそっくりなお声かどうかと）

「ひょえー」なんて、思わず叫んでしまいそうなほど、積極的な誘いの返事！　敦道親王は、兄宮をしのぶという意味の橘の花を贈っただけなのに、「あなた様が兄宮さまとそっくりなお声かどうか知りたいの」と大胆な誘いの歌で応じたのです。相手の声

図25　昔の人を思い出すよすがとされていた橘の花。これが、敦道親王との熱烈な恋の始まりであった。（カッチャン/PIXTA）

を直接聞くということは、当時にあっては相手とじかに会う以外にないのですから、「お会いしたいの」と言ったのと同じです。「会う」ということは、情を交わすことです。

平安時代の女性は、ふつう、男性から歌などを送られたら、まず拒絶してみせる。和泉式部は、全く逆の反応。歌ではなく、ただ橘を贈られただけなのに、チャンス到来とばかりに積極的に自分から相手を誘う。この積極性が、恋愛成就法の第一のポイントです。

日にち指定の強い誘い

こんな熱い誘いを受けて、敦道親王はどうしたか？　敦道親王は、兄宮のことがあるので、そんなにたやすく和泉式部の誘いには乗りません。すると、和泉式部のほうもやんわりと拒絶の気持ちを歌で伝えたりしています。やんわりとした拒絶の姿勢は、相手を刺激することを知っているのです。

それに、彼女の心も揺れているのです。一年前まで兄宮の為尊親王と熱烈な恋愛をしていたのだから、弟宮との恋愛は控えなくてはという気持ちがある。一方、為尊親王を失った悲しみから逃れるために、新しい恋愛をしたいという気持ちもある。二つの間で揺れていたのでしょう。そんな中でも、相手をじらし、惹きつけておくことだけは、抜かりなくやっておく。そして、彼女は、新しい恋愛にかじを切って、こんな歌を敦道親王に送ります。

ほととぎす　世にかくれたる　忍《しの》び音《ね》を　いつかは聞かむ　今日《けふ》もすぎなば

（＝ほととぎすの忍び音をいつ聞くことができましょうか？　四月も果ての今日が過ぎてしまいましたなら）

躊躇する男性を、「今夜来て」と誘ったのです。日にち指定の強烈な誘いです。彼女は、覚悟している。これで来ないなら、もう関係ないわ、あきらめると。恋愛の進行には、これくらい強い覚悟も必要です。このあと、宮は、女の所にやってきて、恋人になります。女の作戦は、うまく行ったのです。

愛していることをアピールする

五月になった。宮が「昨夜の雨はすごかったね」という便りをくれる。女は、熱烈な倍返し作戦。こんな歌を詠んで返事にしています。

夜もすがら　なにごとをかは　思ひつる　窓うつ雨の　音を聞きつつ
かげにゐながら、あやしきまでなむ。

（＝一晩中、宮様のこと以外に何を考えたでしょうか、宮様のことだけを思っていました。窓をたたく雨の音をせつなく聞きながら。家の中にいるのに、不思議なほど袖が濡れました。）

「あなたのことばかり考えていたのよ。さびしいわ、来て。泣いてたのよ」と、男心をくすぐるラブコールを送っています。相手に、自分が深く愛していることを伝え、アピールしています。

終わってしまいそうな予感

宮は、身分が高いので、よなよなの出歩きを乳母にたしなめられたりして、女の所に通ってくることがなかなかできません。でも、ようやく女の家にやってきました。すると、なんと、男の車が止まっているではないか。

宮は、「車がある。男が来ているのだ」と思って、不愉快になって帰り、翌日、女に手紙をやる。「昨夜、私がお訪ねしたことは、お聞きになりましたか？　それさえもご存じないかと思いますと、ひどく悲しいのです」と。女は、どう対応したか？　言い訳をしない。そして、宮に向かってこんな歌を詠む。

あふことは　とまれかうまれ　嘆かじを　うらみ絶えせぬ　仲となりなば

（＝お会いすることはたとえどうなりましても嘆きませんが、二人の仲が恨みの絶えない間柄になりましたら、嘆かずにはいられません）

あなたが私を疑うのは自由。でも、私たちの関係だけは壊したくない。女は、そういう気持ちを伝えています。相手にゲタをあずけ、相手の怒りを収める効果を持った歌です。

原文のこの箇所では、「女の家は、人々があちこちの部屋に住んでいたので、そちらに来た誰かの車をご覧になって」宮は、勘違いなさったのだと言い訳がましく書いてあります。でも、女の所に、他の男が来ていたことは、ほぼ確実。というのは、別の箇所で「**すきごとする人々はあまたあれど**（＝恋の相手はたくさんいるけれど）」とか「**す**

きごともする人のもとより（＝色恋ごとの好きな男たちから）」便りがたくさん来たと記されているからです。二股どころか、色恋の相手の男性はたくさんいたのです。最高の恋人である宮が、女の期待するほどは通ってきてくれない。女は、その苦しさを紛らわせるために、二番手か三番手の男と会っていたのでしょう。その現場を宮に見られてしまった。女は宮に言い訳をしない。嘘の言い訳はすればするほど、窮地に陥る。女は、よく心得ています。何を言われようと言い訳をせずに甘受する。これが、断絶しないための大事なポイントです。

　宮は、女の行為に腹を立てて、女を思い切ろうとするけれど、女に未練がある。女は、そんな宮の気持ちを知って、こんな歌を詠んで宮に差し上げる。

　袖《そで》のうらに　ただわがやくと　しほたれて　舟ながしたる　海人《あま》とこそなれ

　　（＝袖に涙を流すことをひたすら私の務めとして、まるで舟を流した海人のように、宮様に取り残されたわが身となりました）

　捨てられて悲しんでいることをアピールです。相手にかわいそう、許してあげようと思わせたら、女の勝ちです。

男の心をつなぎとめる

でも、宮との仲は、なかなか元には戻りません。女は、暗礁に乗り上げた宮との関係を思いあぐねて、石山詣でを思い立ち、石山寺にこもった。すると、宮から手紙が届く。女に対する愛情深い歌が記されていた。それから何度か手紙のやり取りをしているうちに、宮の心も次第に元のようになってきた。女は、山籠りから帰ってきて、いちずな気持ちを宮に送った。

山を出でて　暗き道にぞ　たどり来《こ》し　今ひとたびの　あふことにより

（＝仏様のいらっしゃるお山を出て、悩みの多い俗世に帰ってまいりました。もう一度宮様にお会いするために）

なんと情熱的な歌でしょうか！　あなたにもう一度会いたくて、仏様のいらっしゃる山から帰って来たの、と言われて、喜ばない男性がいるでしょうか。当時としては、愛の最高の表現です。

効き目抜群で、宮は前よりも一層女を愛する。車宿り（車を入れて置く建物）に入れた車の中で女と情を交わしたりして、恋のアバンチュールを楽しんでいます。そして、深く離れられない仲を互いに確認しあっています。

壊れそうな関係修復に力を尽くす

宮は、とうとう女と離れがたく、女を自分の邸宅に呼び寄せることにした。宮の邸宅には、れっきとした身分の高い正妻がいらっしゃる。女は、そんな邸宅に行くのは憚《はばか》られる。まして、自分が宮の邸宅に入る時の身分は、宮の「召人《めしうと》（貴人の傍に仕える女房）」です。けれども、女は、宮の気持ちを尊重して、宮の邸宅に行く決心をする。

ところが、女に対するよからぬ噂が飛び交い、その話もつぶれそうである。宮の手紙も、噂を信じているかのように冷たい。女は焦る。でも、宮は思い返したかのように、「愛情さえあればそれでよい」と言ってきた。女は少し安心する。何よりも宮と会って、噂が根も葉もないことや自分の真剣な気持ちを伝えたい。女は、宮に、こんな歌を送る。

今の間《ま》に　君来まさなむ　恋しとて　名もあるものを　われ行《ゆ》かむやは

（＝今すぐにでも宮様がお越しになってください。いくら恋しいからといって、外

聞もありますものを私の方からまいれましょうか）

当時、こんなに激しく「来て、来て」コールのできる女性がどこにいたでしょうか？

会って話せば、誤解は解ける。自分に対する噂の虚偽をはらし、宮との関係修復に全精力を傾けています。このあと、女は、宮の邸宅に引き取られ、正妻は怒って宮邸を退去して、『和泉式部日記』は終わります。

恋愛成就法を伝授する

恋は、壊れやすい。恋を成就させるには、多くのエネルギーを割かなくてはならない。和泉式部は、現代女性も顔負けするほど、積極性に富み、相手の心理をつかむのがうまく、コミュニケーション能力が高く、狙った獲物は逃がさない。

そんな彼女が、現代人に教える恋愛成就法は、次の通りでした。

まず、これと思った異性からなんらかのアプローチを受けたら、遠慮してはいけません。積極的に交際したいことを相手に伝えてください。相手が、躊躇していたら、日にち指定の初デートの約束を取り付けましょう。

　交際が始まって、相手が気に入ったら、相手にいかに愛しているかをアピールする忠《ま》実《め》さを発揮しましょう。あなたが二股かけていたことがばれたら、言い訳するのはやめましょう。それよりも、「今の自分たちの関係だけは壊したくない」と伝えましょう。相手の怒りの収まる時間を取るのです。

　それでも、元のような仲に戻らない時は、一人で旅行したり、イベントに出かけたりして、相手から離れてみましょう。すると、相手もあなたが離れたことにより、あなたの必要度が再認識されるはずです。あなた自身も、相手をより客観的に眺めることができ、相手の必要性に気づきます。

　さらに、二人の間は、ラブラブになっても、親や家族や友達によって、恋が挫折してしまうこともあります。そんな時は、まず相手と会って密接なコミュニケーションをとって、障害物を取り除いていくことです。

『和泉式部日記』は、こんなふうに、現代の私たちに、恋愛成就の方法を教えてくれました。ありがたく心にとどめておきましょう。

一部を応用すればいい

でも、現代人といえども、和泉式部が実行したように、相手からのアプローチに対して、すぐさま「会いたいわ」なんて言える人は、何人いるでしょうか？　そして、ぐずぐずしている相手に「○月○日に初デートしましょう！」なんて持ち掛けられる人は、何人いるでしょうか？

和泉式部は、平安時代にあっても、普通の貴族女性からかけ離れた積極性を持っていたからこそ、恋の道のベテランになっているのです。現代人だって、彼女ほどの押しの強さを持った人は、そう多くはない。とすると、私たちは、彼女の実践したことの一部をうまく使えばいいと考えたほうが、現実的ですね。

たとえば、気後れしてどうしても、相手に恋の告白ができない時、和泉式部の親王へのアプローチを思い出し、ふられてもともとだという強い覚悟で告白するという具合に。状況に合わせて、和泉式部の提示する恋愛成就法の一部を応用しようと考えると、とても役に立ちます。

私が面白いなあと思ったのは、二股や三股がばれた時の対処法。そうか、ぐだぐだ言い訳したり、嘘で塗り固めたりしないで、それについては何も触れない。そして、「あなたに捨てられたら、悲しくって生きていられない」などと言えばいいのか。すごい手ですね。それから、余談ですが、車の中での情交。昔からあったんですね。

では、平安時代の恋のベテラン・和泉式部の教えてくれたことを、臨機応変に利用して、あなたの恋を成就させてください。

変人お姫様のまっとうな考え方
——『堤中納言物語』

「虫めづる姫君」に注目

ここで取り上げるのは、平安時代も末期にできた『堤中納言物語』という短編集におさめられている「虫めづる姫君」です。

『堤中納言物語』には、一〇の短編が収録されています。「桜花折る少将」「このついで」「虫めづる姫君」「ほどほどの懸想《けそう》」「逢坂《おうさか》越えぬ権中納言《ごんちゅうなごん》」「貝合《かいあわせ》」「思はぬ方に泊《とま》りする少将」「はなだの女御《にょうご》」「はいずみ」「よしなしごと」の短編です。短編ごとに文章の性質が全く違っていますので、別々の作家の短編を、誰かが集めて作った作品と考えられます。ユーモラスな短編が多く、編集の才能のある人が、傑作ユーモア短編集のようなものを目指して編集した本である可能性も考えられます。

では、早速、「虫めづる姫君」に注目して、お姫様がどんな変人であったか、しかし、どんなにまっとうな考え方をしていたかをストーリーを追いつつ明らかにしていきましょう。

姫君は、蝶より毛虫を愛する

蝶の大好きなお姫様の住んでいる隣家に、毛虫の大好きなお姫様が住んでいました。大納言で按察使《あぜち》（東北地方の行政の監督を行なう官職）を兼任している人の娘です。彼女は、蝶よりも毛虫が好きな理由をこう説明しています。

「人々の、花、蝶やとめづるこそ、はかなくあやしけれ。人は、まことあり、本地《ほんぢ》たづねたるこそ、心ばへをかしけれ」とて、よろづの虫の、恐ろしげなるを取り集めて、「これが、成らむさまを見む」とて、さまざまなる籠箱《こはこ》どもに入れさせたまふ。

（＝「人々が、花よ蝶よともてはやすのは、全く浅はかでつまらないことです。人間は誠実さがあって、物の根源を追究してこそ、心遣いがすぐれているのです」と言って、いろいろな虫の恐ろしそうなのを採集して、「これが変化する様子を観察しよう」と言って、さまざまな籠や箱などに入れて飼っていらっしゃる。）

なるほど、一理ありますね。確かに、上っ面の美しさに惑わされ、そればかりを追い求めるのは、浅い。その物の本来の姿を追究することこそ大切だというのです。そして、その変化する様子を観察しています。なかでも、毛虫が思慮深そうな様子をしているのが、奥ゆかしいと言って、毛虫を手のひらにのせて愛撫し、見守っていらっしゃる。

　もちろん、こんな姫君に仕える女房たちは、毛虫を嫌がって寄り付かないので、姫君は、身分の低い物怖じ

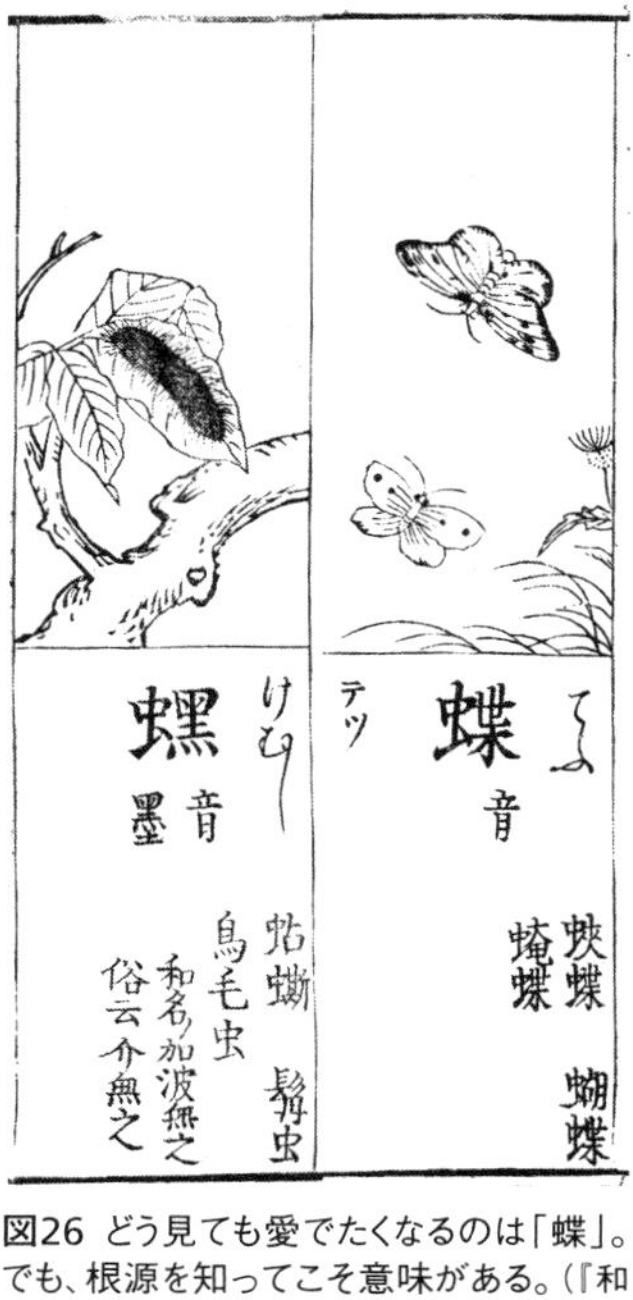

図26　どう見ても愛でたくなるのは「蝶」。でも、根源を知ってこそ意味がある。（『和漢三才図会』巻52　卵生類、新典社より）

しない男の子たちを身近に使って、虫の名を聞き、新種の虫には名前を付けて面白がっています。

親が、外聞を気にして「人は、見た目の美しいのを好むのだ。気味の悪い毛虫を可愛がっているなんて、世間の人の耳に入るのもみっともない」などとお説教すると、姫君はこう答えます。

「苦しからず。よろづのこと、もとをたづねて、末《すゑ》を見ればこそ、事はゆゑあれ。いとをさなきことなり。烏毛虫《かはむし》の、蝶《てふ》とはなるなり。」

（＝「かまわないわよ、噂なんか。万事、根源を追究して、最後の姿を見るからこそ、個々の事象は意味を持ってくるのよ。そんなことも分からないなんて、とても幼稚なことよ。毛虫が蝶になるんですよ。」）

そう言って、毛虫が蝶に変化するところを親にお見せになる。親も、たじたじ。

すべて自然のままがいい

このお姫様は、当時行なわれていたお化粧もしない。その理由も、ちゃんとあります。

「人はすべて、つくろふところあるはわろし」とて眉《まゆ》さらに抜きたまはず、歯黒《はぐろ》め、「さらにうるさし、きたなし」とて、つけたまはず、いと白らかに笑《ゑ》みつつ、この虫どもを、朝夕《あしたゆふ》べに愛したまふ。

（＝「人はすべて、取り繕うところがあるのはよくない」と言って、眉毛を抜き取ってから眉を描く普通のお化粧は一切なさらず、お歯黒を付けることは「まったく煩わしいし、汚い」と言っておつけにならない。とっても白い歯を出して笑いながら、ひたすら虫たちを朝夕かわいがっていらっしゃる。）

当時は、眉の手入れとお歯黒を付けるのは、だいたい八歳以上の女性のお化粧法です。私は、この姫君の年齢を推測したことがあるのですが（「堤中納言物語―カタカナを書く姫君は何歳か」『日本語の古典』岩波新書、二〇一一年一月）、だいたい当時の結婚適齢期の一三歳から一四歳です。当然、女性のお化粧をしているべき年齢です。

姫君は、教養もあるので、「毛虫は毛並みは面白いけれど、故事など思い出すよすがにならないので、物足りないわ」と言って、かまきりやかたつむりなども、取り集め、それに関する詩歌を姫君自らも大声を上げて吟詠なさっている。

貴公子のプレゼント

そうこうしているうちに、事件が起こります。ある上達部《かんだちめ》（三位以上の公卿）の御曹司で右馬佐《うまのすけ》であった男性が、立派な袋に入れたものを姫君にプレゼントしてくれた。女房が、姫君の所に持って行って、袋の口を開けると、中から蛇がかま首をにゅっともたげた。女房たちは、悲鳴を上げ、一目散に逃げ散った。

姫君は、「南無阿弥陀仏　南無阿弥陀仏」と唱えながら、「これは前世の私の親でしょう」なんて言って、蛇の入った袋を持っている。「優美な姿の間だけはすごくかわいがるというのは、けしからん考えよね」とおっしゃっているけれど、姫君は、蛇が怖くて声を震わし、立ったり座ったりしている。

知らせを聞きつけて、父親が飛んできて、蛇をよく見ると、本物そっくりに造った蛇だった。父親は、細工物の蛇に感心し、女房たちは、姫君に返事を書くように勧める。姫君は、ひどくごわごわした無風流な紙に、カタカナで、仏教的な返事を書いた。普通の女性なら、優美な紙を使い、ひらがなで、男女の仲を暗示するような歌を詠むのに。

契りあらば　よき極楽《ごくらく》に　ゆきあはむ　まつはれにくし　虫の姿《すがた》は

（＝ご縁があったら上品《じょうぼん》上生《じょうしょう》の極楽でお会いしましょう。おそばに居にくいですね、そんな長い蛇の姿では）

右馬佐は、姫君の手紙に使った用紙・文字・発想に、意表を突かれ、好奇心が刺激され、変わり者の姫君の姿が見たくなってしまいます。

姫君を覗き見すると

右馬佐は、友達の中将を誘い、賤しい女たちの格好をして、姫君の父親が外出するのを見計らって、邸内を覗《のぞ》き見《み》した。姫君が、毛虫の行列を報告する男の子につられて姿を見せた。なんと、美形ではないか！

手入れをしていないから、髪もぼさぼさに見えるけれど、「眉は、黒々と濃く鮮やかに際立ち、涼しそうに見える。口元もかわいらしく、きれいだが、お歯黒を付けないので、色気がない」「お化粧でもしていたら、きっと艶麗だろうに」。

姫君は、男の子に木の上から、はらはらと毛虫を落とさせ、下で白い扇で毛虫を受けることに熱中。白い扇には、姫君の手習いした漢字が書かれている。一人の男の子が、内部を覗き見している二人に気づき、女房に知らせる。女房が姫君に知らせる。姫君は、女房の言うことを信じずに、別の男の子に見に行かせる。その子が事実を告げると、姫君は大急ぎで家の中に入った。姫君は、「身の丈も高からず低からず、髪も袿《うちき》くらいの長さで豊か。髪の端も切りそろえて手入れしてないので、ふさやかとは言えないが、整っていて、かえってかわいらしげに見える」。そして、「さっぱりとして美しく気品がある」のです。

右馬佐は、「ああ、残念。どうして虫を好むなどという気味悪い気性なのだろう。こんなに優れた器量なのに」と無念がっている。

夢幻の世の中に恥ずかしいことなどない

姫君の姿が見られてしまったことを知った女房は、姫君に苦言を呈する。すると、姫君は、すまして答える。

「思ひとけば、ものなむ恥づかしからぬ。人は夢幻《ゆめまぼろし》のやうなる世に、誰《たれ》かとまりて、悪《あ》しきことをも見、善《よ》きをも見思ふべき。」

（＝「悟ってしまえば、何事でも恥ずかしいことなどありません。人は夢幻のようなこの世に、誰が生きながらえて、これは悪いこと、これは善いことなどと、もろもろのことを見極めて判断できようか。」）

あ〜あ、女房たちは、口をきく張り合いも失せて、情けないことと思い合っている。

覗き見した右馬佐は、姫君にこんな歌を送って帰って行った。

烏毛虫《かはむし》に　まぎるる眉《まゆ》の　毛の末に　あたるばかりの　人はなきかな

（＝毛虫に見間違えられるような眉の毛の端にでも比べられるほどの人は、いないなあ）

右馬佐も、姫君の変人ぶりに、びっくり仰天。二人の間に、恋愛は成立するでしょうか？

「**二の巻《まき》にあるべし**（＝この続きは二の巻にあるはずです）」と、二人の恋の行方を匂わせる思わせぶりな語句で、この短編は、閉じられています。

物事の本質をとらえよう

この話に登場する姫君は、当時とすると、極めて異常と考えられていましたね。確かに、毛虫を愛玩するところには、現代でもついていけない人が多いかもしれません。でも、姫君の考え方は、現代人から見ると、きわめてまっとうで本質をついています。

つまり、この話の現代人へのメッセージの第一は、物事の本体や本質を考えることの重要性です。その時代の多くの人が好んだり、愛《め》でたりするのは、物の表層であることが多い。それに対して、姫君の考え方は、物事の本質をついています。

姫君が、蝶より毛虫を愛玩するのは、美しいものの根源を知ることの重要性を知っているからです。さらに、毛虫から蝶になる過程に注目することによって、物事の変化の様相を知ることの大切さを認識しているからです。

そして、姫君は、よろず繕うところがあるのは良くないと言って、眉も抜かず、お歯黒も付けずに、自然のままの素顔であろうとしています。ありのままの自然こそ尊いのだという考え方を打ち出しています。

また、姫君は、人の噂を気にしません。夢幻のような世の中だから、ずっと生きながらえてすべてを見ている人はいない。だから、その時悪いと評価されても、良いと評価されても、すべて消えていくというのです。この考え方をさらに進めると、時代によって価値観が変わるから、良い悪いの評価も時代によって異なると言い換えてもいいような思想です。

姫君の考え方は、現代人に、物事の奥深くに潜む本質を考え、見極めることの大切さを教えてくれています。

言行一致が大切

第二のメッセージは、言行一致の大切さです。姫君は、普通と変わったことを言うばかりではなく、行為でもそれを実践しています。作り物の蛇事件を思い出してください。

当時は、「蛇」も「虫」も、同じ仲間だと考えていました。『和名類聚抄《わみようるいじゆうしよう》』という平安時代中期にできた辞書があるのですが、「虫」と「蛇」は、「虫豸部《ちゆうちぶ》」という同じ部類に入れています。姫君もちゃんと心得ていて、「蛇」のことを「まつはれにくし虫の姿は」と詠んで、「虫」の仲間に入れていましたね。

まあ、それはともかく、本物の蛇だと思っていた時、姫君は、「姿の美しい時だけちやほやするのはおかしい」という思想の持ち主ですから、醜い蛇も、じっと我慢して持ち続けていました。普段、自分の言っていることと行なっていることを一致させようと、震えながら、けなげな努力をしていました。

言っていることと行なっていることを一致させようという気を失いつつある現代人に、やっぱり言行一致は、大切なことだと諭してくれています。

一般の風潮に流されない

第三のメッセージは、時代の一般的な風習や風潮を疑いなさいということです。姫君は、普通の女性のように、ひらがなを中心に毛筆を学ぶのではなく、男性と同じように、カタカナや漢字を中心に学んでいましたね。和歌がカタカナで書かれていましたし、扇には手習いの漢字が黒々と書かれていたことから、分かります。いわゆる当時の一般的な風潮にとらわれずに、自分で必要だと思ったものを率先して学んでいます。

こうした姫君の考え方は、平安時代では異端視されたかもしれませんが、現代では理解できる普通の考え方になっています。現代を先取りした物語の主人公が、平安時代にすでに出現していたことは、現代人にいい意味での衝撃を与えてくれます。

そして、姫君が、現代に生きていたら、ひとかどの生物学者になっていただろうと思うと、右馬佐ではないが、「ああ、残念」と呻いてしまいそうです。

権力を手中に収める資質とは
——『大鏡』

ここで取り上げるのは、歴史物語の『大鏡』。それまでの「かな」で書かれた物語と違って、座談形式をとって対話体で書かれています。

一九〇歳の大宅世継《おおやけのよつぎ》と一八〇歳の夏山繁樹《なつやまのしげき》の二人が、政界内輪話をしている。そこに三〇歳くらいの博学の若侍が口をはさんだり質問したりしている。そんな座談会に耳を澄まし、筆録している人がいる。そうして出来上がったのが『大鏡』であるという設定です。

話し言葉で書かれているので、分かりやすく、人物中心のエピソードで話が進むので、興味が途切れません。文徳天皇から後一条天皇までの天皇の話、藤原冬嗣《ふゆつぐ》から藤原頼通《よりみち》までの大臣たちの話が主な内容です。座談会の山場は、三后《さんこう》と一東宮女御《とうぐうにょうご》を出した権力者・藤原道長《みちなが》にあります。

今でこそ、対談や座談会の記録があふれていますが、今から一千年くらい前に、そういう形式をとって作った歴史物語が出現していることが注目点です。一一世紀の後半から一二世紀にかけて成立した作品です。

さて、『大鏡』の中心人物・道長とは、一体どんな人だったのでしょうか？ 権力を手中にするためには、どんな資質が必要なのかを教えてもらえそうな気がします。

道長には、胆力がある

花山《かざん》天皇は、五月の下旬の雨の激しく降る闇夜に、集まっている連中を前にして、肝試しを思いつかれた。藤原兼家と時姫の間に生まれた息子三人もその席にそろっている。年齢順にいえば、道隆《みちたか》、道兼《みちかね》、道長の三人である。

花山天皇は、「道隆は豊楽院《ぶらくいん》に、道兼は仁寿殿《じじゅうでん》の塗籠《ぬりごめ》に、道長は大極殿《だいごくでん》へ行って来い」と命じられた。そして、道筋まで別々になるように指定なさった。その時の三人の反応は、原文で示しておきましょう。

うけたまはらせたまへる殿《との》ばらは、御気色《みけしき》変はりて、「益《やく》なし」と思《おぼ》したるに、入

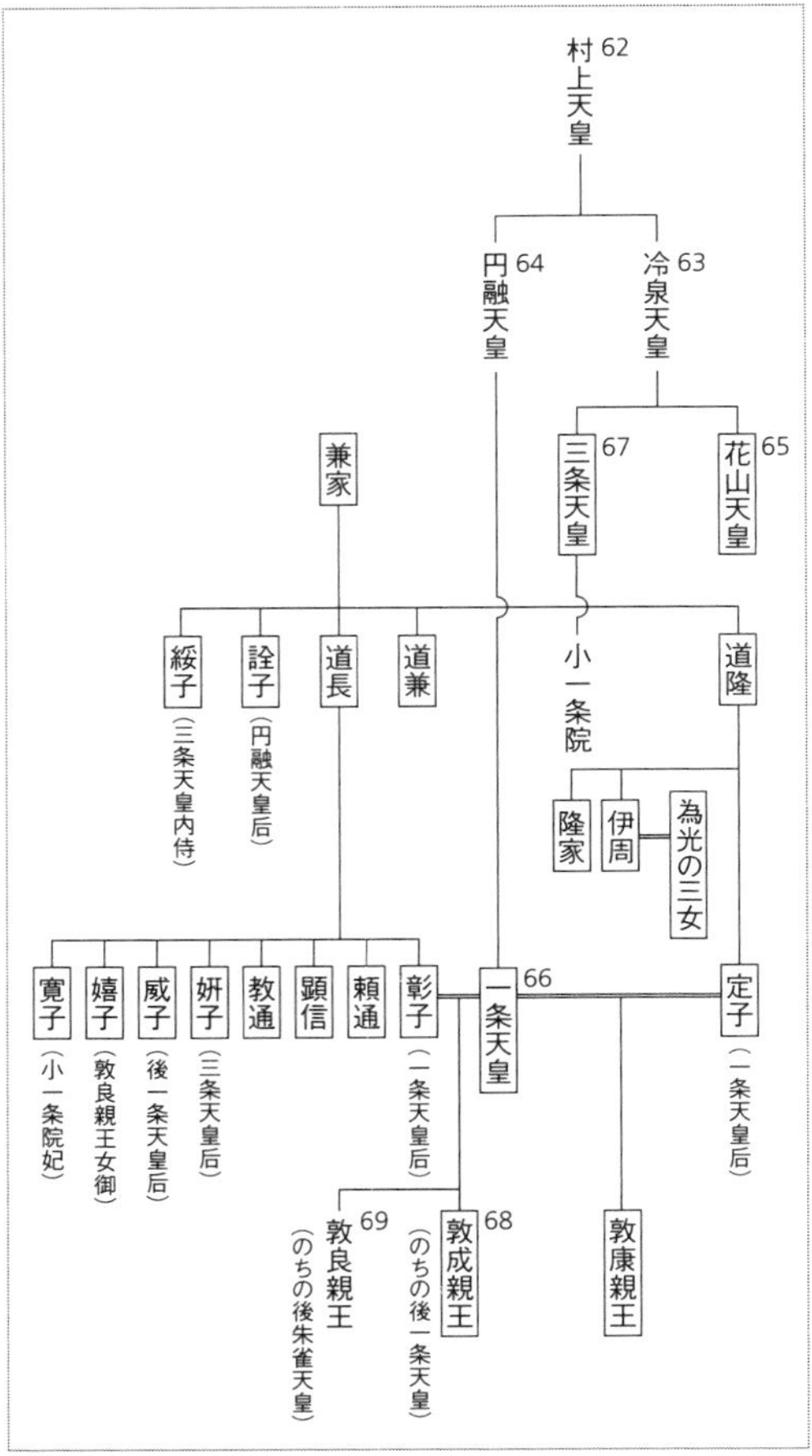

図27 『大鏡』登場人物の系図。□で囲んであるのが、この章での登場人物。皇室と藤原道長との関係を重視したため、年齢・男女・生母の別などは問わない。数字は、天皇の代数。

道殿は、つゆさる御《み》気《け》色《しき》もなくて、

（＝勅命を受けた殿たちのうち、道隆さま・道兼さまは、お顔の色が変わって「困ったことだ」と思っていらっしゃるのに、道長さまは、とんとそんなご様子もなく、平気でいらっしゃって、）

という状態です。さあ、結果はどうなるでしょうか？　道隆は、途中まで行ったが、得体のしれぬ声に恐れをなして、戻ってきてしまった。道兼は、途中で大男の影が見えたように思え、無我夢中で戻ってきた。天皇は、顔色を変えて震えて帰ってきた二人を見て、扇子を叩いて大笑い。

ところが、道長だけは、なかなか帰ってこない。どうしたのかと思っていると、何事もなかったかのように帰ってきた。道長の胆力は、抜群です。それだけではありません。

道長は、用心深い

道長は、手に何かを持っている。天皇からお借りした小刀とそれで削り取った小さな破片です。道長は、それを天皇にお見せして言います。

「ただにて帰りまゐりてはべらむは、証《そう》さぶらふまじきにより、高御座《たかみくら》の南面《みなみおもて》の柱のもとを削りてさぶらふなり。」

（＝「何も持たずに帰ってまいりましては、証拠がございませんから、高御座の南側の、大極殿の柱の下を削り取ってまいったのでございます。」）

天皇は、翌日、蔵人に確かめさせると、確かに削りくずは柱の下の傷とぴったり一致した。兄二人に比べて、道長は胆力があるのみならず、証拠品まで提出するという用心深さを持っています。次のようなエピソードも、道長の用心深さを感じさせます。

道長が権力を掌握した翌年に、道隆の息子である伊周《これちか》と隆家《たかいえ》が、花山院不敬事件を起こした。事件の真相は、よくは分からないのですが、伊周が自分の恋人である藤原為光《ためみつ》の三女のもとに、花山院が通うと誤解して、弟の隆家に相談。隆家は、月夜に花山院が為光邸から帰られるのを待ち受けて、従者に脅しの矢を射させた。それが、馬上の花山院の袖を貫いた事件と言われています。

そのことで、伊周と隆家は、配流の憂き目に遭いました。道長にとっては、目障りな道隆一族の伊周・隆家を追い落とすまたとない機会でした。伊周は大宰府に、隆家は出雲に、配流。幸い、翌年には、二人とも許されて都に帰ってきています。けれども、社会的なダメージが大きく、隆家に至っては、道長の賀茂詣のお供の順番も著しく下位に落とされています。道長は、そんな隆家を自分の車に乗せてあげ、こんな話をしています。

「一年《ひととせ》のことは、おのれが申し行ふとぞ、世の中に言ひはべりける。そこにもしかぞ思《おぼ》しけむ。されど、さもなかりしことなり。宣旨《せんじ》ならぬこと、一言にてもくはへてはべらましかば、この御社《おんやしろ》にかくてまゐりなましや。天道《てんたう》も見たまふらむ。いとおそろしきこと。」

（＝「先年の配流のことは、私が奏請して執行したというように、世間では言っております。あなたも、そう思っておいででしたでしょう。でも、そんな事実はなかったのですよ。宣旨にないことを、この私が一言でも加えておりましたら、どうしてこの賀茂のお社に、こうして平気な顔で参詣できましょうや。天の神もご照覧しておられるでしょう。それに、そんなことをしたら、とても恐ろしいことですよ。」）

配流の決定は、自分のせいではないと道長は説明しています。でも、時の一条天皇は、道隆一族に好意的です。配流を止める側に回ったと考えられます。事実、一条天皇は、配流から帰ってきた二人を、破格の良い地位に復帰させています。というわけで、配流の決定は、権力者・道長以外には考えられません。

道長の車にわざわざ隆家を乗せての言い訳は、恨みを買わないための弁明とみるのが、事実に近い気がします。道長は、用心深く、相手に恨みの気持ちを抱かせないように振舞っています。

不遇な時でも、覇気を失わない

どんな人にも、不遇な時代がありま

『日本絵巻大成』21 中央公論社より)

す。道長も、権力を掌握するまでには、不遇な時代がありました。でも、道長の逞《たくま》しいところは、そんな時でも、「今に見ていろ」精神を持っていることです。こんなエピソードが語られています。

兄の道隆が関白になり、その息子の伊周は二一歳で内大臣に任命されました。それに対し、道長は左京大夫《さきょうのだいぶ》でしかない。

そんな時、道隆邸で弓の競射をしていた。そこに道長がやって来て、伊周との一騎打ちになった。普通は、位の高い人に勝ちを譲るのが礼儀ですが、

図28　道長と伊周も、こんなふうに弓の競い合いをした。(「北野天神縁起絵巻」

道長は遠慮などしない。

二番延長された競射で、まずは一矢目を放つ時に道長は唱える、「**道長が家より帝《みかど》・后《きさき》立ちたまふべきものならば、この矢あたれ**（＝この道長の家から、天皇・后がお立ちになるはずならば、この矢当たれ）」と。矢は、なんと的のど真ん中に当たった。伊周は、気後れして、矢を放ったが、的の近くにさえ行かなかった。

続く二矢目。道長は、「**摂政・関白すべきものならば、この矢あたれ**（＝この私が、将来、摂政・関白になるのが当然ならば、この矢当たれ）」と唱えて、矢を放つ。矢は、的が割れるほどに、同じ真ん中を射とおした。道隆は、顔面蒼白。その場は、白けに白けた。

不遇にあえいでいるのに、それをものともせず、兄一族に立ち向かっていく道長の覇気は、並外れています。道長の、こうした自負心は、若い時から見られます。

道長の父・兼家が存命であった時のこと。兼家といえば、この本でも取り上げた『蜻蛉日記』の作者の夫です。兼家自身も、灰汁《あく》の強い人物ですが、道長も、父に負けず劣らず。父が、当代きっての才人・藤原公任《きんとう》をほめたたえ、「**わが子どもの、影だに踏む**

べくもあらぬこそ口惜《くちを》しけれ（＝我が子たちが、彼に追随することさえできないのは残念なことだ）」と言うと、道長の兄たちの道隆・道兼はもっともなことだと受け入れ、わが身を恥じている。

それに対して、道長は言ってのける、「**影をば踏まで、面《つら》をや踏まぬ。**（＝追随などしないが、あの面をば踏まずにおくものか。）」

その頃、諸芸に秀で、順調に昇進している公任は、貴族たちの羨望の的だったのです。道長は、公任と同い年だったので、余計に競争意識があります。強気で、今に見返してやるという覇気丸出しです。

人に対する情愛は、薄い

三条院がまだ東宮であった時のこと。道長の腹違いの妹・綏子《すいし》が東宮の夜の副臥《そいぶし》（東宮に添い寝する少女）に上がられた。ところが、綏子のところに、源 頼定《みなもとのよりさだ》が通っており、妊娠したという噂が立った。東宮は、道長に事の真偽を確かめるように、依頼なさった。

道長は、直ちに、綏子の部屋に行き、「世間の噂が事実無根でおありかもしれないのに、噂が事実だとお信じになるようなことがあっては、お気の毒ですから」とおっしゃって、綏子に胸を出させる。原文を示しておきましょう。

御胸をひきあけさせたまひて、乳《ち》をひねりたまへりければ、御顔にさとはしりかかるものか。

（＝綏子さまのお胸をひき開けられ、乳房をおひねりになられたところ、なんとまあ、道長さまのお顔に乳がさっとほとばしりかかったではありませんか。）

妊娠していたのは事実だったのです。道長は、東宮に事実を報告し、ご自分のなさったことを申し上げる。東宮は、道長の余りにも乱暴なやり方に、可哀そうなことをしたとお思いであった。綏子も、道長が帰った後、「自分からしたこととはいえ、ひどくお泣きになった」と傍で見ていた女房が語ったと言う。

道長は、人に対する情愛が薄いことが分かるエピソードです。

また、こんなこともあります。彰子に皇子がなかなかできなかった時、亡くなってしまった中宮定子の息子である敦康《あつやす》親王を彰子にかわいがらせて、彼を手なずけておきました。政権を握るためには、敦康親王を味方につけておく必要があったからです。ところが、彰子に敦成《あつひら》親王が誕生すると、道長は、敦康親王を放り出していきます。道長にとっては、敦康親王は、権力を握るためのコマにすぎなかったことがよく分かります。

大勢いる子供たちに対しても、道長は権力を握るためのコマに見ている節があります。道長は、まだ一二歳にしかなっていない長女の彰子を一条天皇に入内させているのも、その例に該当しそうです。一刻でも早く彰子に皇子を生んでもらい、外戚になって権力をふるいたいのです。でも、彰子は、まだ、幼くて、天皇と男女関係はなかなか持てなかったと言われています。そのせいか、子供も九年間もできません。

九年目に、ようやく皇子を授かりました。その時の道長の喜びようは、並一通りではありません。皇子におしっこをかけられても喜ぶ姿が、『紫式部日記』に記されています。誕生した皇子がかわいいのはもちろんですが、その嬉しさは、外戚になって権力をふるう道が確保できた喜びに裏打ちされています。

道長は、一人一人の人間に対する情愛は、極めて薄いと言えます。個々人の気持ちまで考えていたら、権力者にはなれないという面がありますからね。

健康に恵まれている

権力者としての最も大事な資質の一つに、健康が挙げられます。というのは、道長の兄二人が、病気で若くして亡くなってくれたからこそ、道長に権力が転がり込んできたのですから。

正暦五年（九九四年）、疫病が大流行しました。大臣・公卿が大勢亡くなりました。その下の身分の貴族たちで亡くなった人の数は数え切れません。長兄・道隆は四月一〇日に亡くなりました。ただし、「これは、その時の流行の疫病でお亡くなりになったのではなく、偶然、時が同じだっただけのことです」と『大鏡』は語っています。道隆の酒豪は有名でした。平素の大酒飲みがたたって体が弱っていたところに、疫病にかかってしまってあっけなくこの世を去ったという可能性もあります。

そのあと、次の兄の道兼が関白になりましたが、宣旨を受けて七日目に疫病で亡くなったので、七日関白などと呼ばれています。

それに対して、道長はいたって健康です。権力者になるためには、健康であることが必須です。

運を開く人物がいる

兄たち二人が亡くなり、さあ、道長の出番と思いきや、一条天皇が立ちはだかります。一条天皇は、道隆一家と仲が良かった。道隆の娘・定子は、天皇の寵愛を受けていたし、道隆の息子・伊周とは馬が合う。それに対して、一条天皇は、道長が好きでない。だから、道長以外の候補者から後釜を選ぼうとしていらっしゃる。

それを知ったのは、道長を可愛がっている姉の詮子《せんし》。彼女は、一条天皇の母でもあります。母であっても、天皇の前では、下位です。天皇の気持ちを覆すことは、容易ではありません。

詮子は、道長に宣旨を下ろそうとなさらない天皇の寝所に自ら出向き、直談判をしました。長い時間がたつ。外では、道長が固唾《かたず》をのんで待っている。詮子がついに天皇の部屋からお出ましになった。その時の詮子の様子を原文で示しましょう。

御顔は赤み濡《ぬ》れつやめかせたまひながら、御口はこころよく笑《ゑ》ませたまひて、「あはや、宣旨下《くだ》りぬ」とこそ申させたまひけれ。

（＝詮子さまのお顔は赤らみ、涙に濡れて光っていらっしゃりながら、お口の辺りは喜ばし気にほほえまれて「ああ、やっと宣旨がおりましたよ」と仰せられたことでした。）

詮子が、一条天皇を泣き脅《おど》ししたことが分かる表情ですね。天皇の前で、母は泣き、道長を権力者にする宣旨を出すように取り付けたのです。道長の運は、詮子によって、切り開かれたと言っても過言ではありません。

運を開いてくれる人を持つことは、重要です。道長は、詮子に恩義を感じ、詮子が亡くなった時は、ご葬儀を誠心誠意を込めて執り行なっています。

決断し、即実行する

道長は、五四歳になり、三月二一日夜半、少し胸が痛みました。すると、翌日の午後に、突然起き出して、氏神である春日明神に向かってお暇乞《いとまご》いをし、誰にも相談せずに、いきなり出家してしまいました。道長らしいですね。決断したら、直ちに実行です。

周りの人たちは、一様に茫然。その後、天皇・東宮・后の宮に知らせました。道長は、一人で沈思黙考し、決断し、実行に移すという性格であることが分かります。ですから、子供たちの将来も、道長によってほとんど決められてしまったわけです。

まあ、権力者にとって「決断力」は、最も大事な資質ですから、それを持っていたことは、当然ですね。

『大鏡』は、後一条天皇の万寿二年（一〇二五年）、道長の栄華が極まったところで終わっています。道長の栄華がどのようにして達成されたかを語ることに目的があったからです。

でも、栄華の後には、衰退が訪れるのが自然の摂理。『大鏡』の記述が終わった後の道長一家について一言だけ触れておきましょう。

『大鏡』の後の道長一家

後一条天皇というのは、定子の長男の敦康親王を押しのけて、道長が手をまわして東宮にした彰子の長男の敦成親王です。退けられた敦康親王は、二〇歳の若さで亡くなりましたが、三度も天皇になるチャンスがあったのに、すべて道長が潰しています。

歴史学者の倉本一宏さんは、『平安貴族とは何か』（ＮＨＫ出版新書、二〇二三年一〇月）のなかで、道長が、敦康親王の怨霊におびえていたことを明らかにしています。心のどこかに、敦康親王にひどいことをしたという意識があったのでしょう。長年、権力者であり続けたために、初期の頃の「恨みを買わないように行動する」という用心深さを失ってしまったのかもしれません。

そのせいか、万寿二年以後、道長の運勢は、徐々に下り坂になって行きます。道長は、娘の寛子《かんし》、嬉子《きし》、妍子《けんし》、そして、息子の顕信《あきのぶ》に立て続けに先立たれています。

さらに、長男頼通にはなかなか娘ができません。道長の死後、頼通はようやく娘を授かり、天皇の后に送り込みましたが、皇子が生まれません。道長の息子の教通《のりみち》も、二人の娘を入内させましたが、皇子が誕生しません。つまり、道長の系統の摂関政治は、息子の頼通の時代に終わってしまったということです。

権力者になる資質とは

いかがでしたか？　エピソードから道長という人が、どんな人物であったかを想像していただけたでしょうか。ここから、権力者になるのに必要な資質が浮かび上がってきました。次のような七項目が挙げられます。あなたは、いくつの項目に丸印が付きますか？

①胆力がある。
②用心深い。
③不遇な時でも、覇気を失わない。
④人に対する情愛は、薄い。
⑤健康に恵まれている。
⑥人脈がある。
⑦決断力と実行力がある。

全部、丸が付いた方は、権力者になる資質が十分に備わっているといえそうです。

これらの項目を見ていると、権力者になるには必要な資質でも、他の職業には向かない資質があることに気づきます。たとえば、教育者などは、「④人に対する情愛は、薄い」という資質は、むしろ有害です。教育者は、一人一人の人間に興味と関心と愛情を持っていなければ務まらない仕事だからです。

何を仕事にするかによって、求められる資質が違ってくることを意識して、あなたの現在の仕事、あるいはしたいと思っている仕事にターゲットを絞って、必要な資質をピックアップしてみると、自分を顧みる絶好のチャンスになります。

やる気を失わないこと

逆に、どんな仕事に就くにしても、絶対必要な資質があります。それは、③の「不遇な時でも、覇気を失わない」です。人生は、長く、必ず浮き沈みがあります。沈んでしまった時にも、「やる気」を失わないことです。

私も、若いとき研究者の道を閉ざされ、不遇にあえいでいた時期があります。心が萎えていて、一人になると、涙をぽろぽろこぼしたりしていました。

沈んでいる時に、道長のように、将来を思って、「今に見てろ」という覇気を秘めていることが重要であることを、『大鏡』は、教えてくれます。

出会いによって人生が転換する
——『今昔物語集』(1)

漢字カタカナ交じり文で書いた説話集

『今昔物語集』なんて、読んだことないという方が多いかもしれません。でも、『今昔物語集』は、今、私たちが書いている「漢字ひらがな交じり文」の元祖にあたる文章で書かれた記念すべき作品なんです！　一二世紀が始まってすぐに誕生していますから、九〇〇年前のことです。

それまでは、『源氏物語』に代表されるような「ひらがな」で書く文章が散文作品の主流でした。「ひらがな文」は、たとえば、図29に見るように、ほとんど「ひらがな」で書かれているので、意味を取るのに一苦労です。現在では、ひらがなの部分に、適宜

「漢字」を当てて読みやすくした形で本文が提供されています。

それに対して、『今昔物語集』は、図30に見るように、「漢字」を中心にした「漢字カタカナ交じり文」です。「漢字」に助けられて、意味がとても取りやすい。「カタカナ」の部分を、「ひらがな」にすれば、現代の「漢字ひらがな交じり文」になりますね。

ここでの『今昔物語集』の本文の引用は、読みやすさを考え、「漢字ひらがな交じり文」に直して引用します。また、ところどころに漢文訓読的な表記法や当時特有の表記法がなされているので、それも読みやすい形に直し、送り仮名も多めに

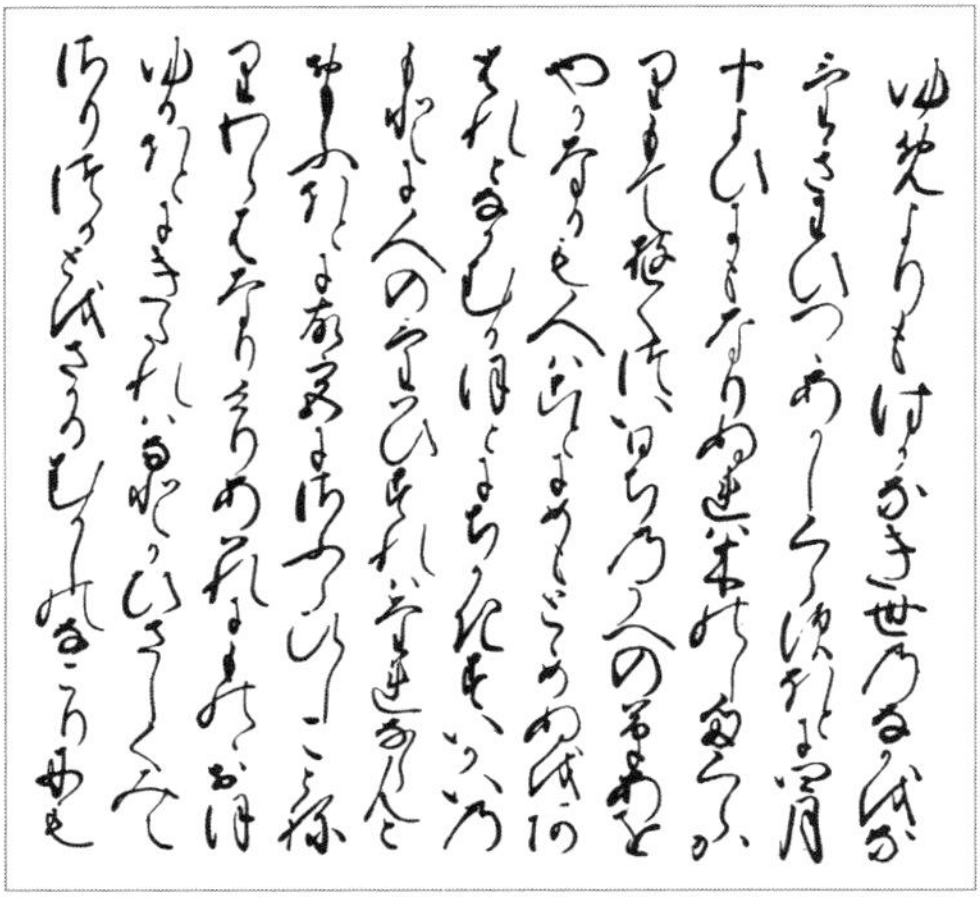

図29 ひらがな文で書かれた『和泉式部日記』の冒頭。漢字は、「世」「四月十」「木」「草」「人」「故宮」のみ。あとは、すべて「ひらがな」。（宮内庁書陵部図書寮本『和泉式部日記』の影印本。武蔵野書院より）

入れて引用します。

『今昔物語集』の撰者の創作は？

『今昔物語集』は、一〇四〇余りの説話を集めてある説話集。三一巻から成ります。途中の巻八と巻一八と巻二一は、欠巻です。書く予定であったのに、執筆されずに終わった。つまり、未完の古典です。

巻一から巻五までが天竺（インド）の説話、巻六から巻一〇までが震旦（中国）

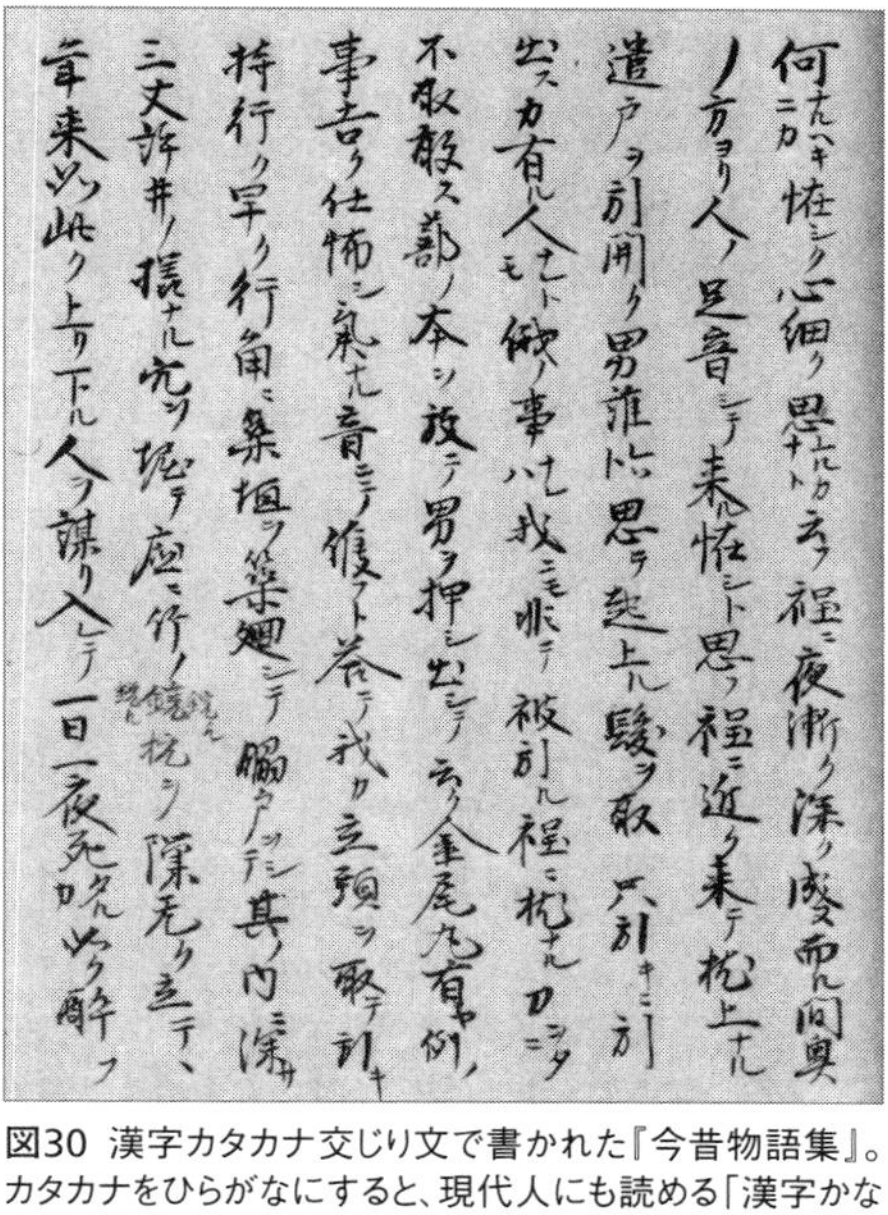

図30　漢字カタカナ交じり文で書かれた『今昔物語集』。カタカナをひらがなにすると、現代人にも読める「漢字かな交じり文」になる。（東京大学国語研究室資料叢書5『今昔物語集 五』汲古書院より）

の説話、巻一一から巻三一までが本朝（日本）の説話。三国にわたるスケールの大きい作品です。もとになった説話に、撰者が創作の筆を加え、加工して出来上がっている説話集です。

とすると、もとの説話に、どの程度、『今昔物語集』の撰者が、創作の筆を加えているのか、とても知りたくなりますね。私は、それを調査したことがあります。その結果は、「『今昔物語集』の表現技法―撰者加筆の度合い―」（山口仲美著作集3『言葉から迫る平安文学3』、風間書房、二〇一八年一二月所収）という論文にまとめました。個々の説話によって創作の度合いは異なるのですが、だいたい三割～八割の度合いで創作の筆を加えています。どの説話も、必ず、手を加え、自分流に加工しているわけです。そういう作品ですから、「作者」と言わずに「撰者」という言葉を使います。

なぜ、『今昔物語集』と名付けられているかって？　それは、一〇四〇余話の説話が、すべて「**今は昔**」（＝今はもう昔のことになってしまったけれど）と始まっているからです。

仏教関係の話が多いのですが、霊鬼の話あり、盗賊の話あり、世間話ありと、まさに説話の万華鏡《まんげきょう》。とりわけ面白いのは、巻二八から巻三一までの説話。はじめて『今昔物語集』を読まれる方は、ここから読み始めることをお勧めします。巷《ちまた》で起こった奇妙な事件が中心ですから、分かりやすく興味深い。でも、仏教関係の説話も、線香の匂いが薄く、力強さに溢れています。

さて、この章で取り上げるのは、「仏法」の部に収められた巻一九第一四話「讃岐の国の多度《たど》の郡《こほり》の五位《ごゐ》、法《ほふ》を聞きて即《すなは》ち出《いづ》ること」というタイトルの話です。「五位」というのは、位階の五番目の人のことで、通称、「大夫《だいぶ》」と呼ばれます。さて、どんな話でしょうか？

殺生三昧の生活

讃岐の国多度郡（今の香川県の善通寺市近辺）に、源大夫《げんだいぶ》と呼ばれている荒くれ男がいました。明けても暮れても、鹿や鳥や魚を獲る殺生三昧の生活をしていました。乱暴者なので、人の首を切ったり、足や手を折ったりすることも稀ではありません。人はみなこの男に恐れをなしていました。

　ある時、源大夫が、家来四、五人ほどを連れて、お堂の前を通りかかった。お堂の中では、講師の僧が、集まった人々に、仏の話やお経の話をしている。源大夫は、家来に何をしているのかを尋ねる。家来が説明すると、源大夫は言う、「そういうことをする者がいるということはぼんやり聞いたことはあるが、こうして間近に見たことはなかった。坊主がどんなことをしゃべるのか、ひとつ行って聞いてやろうじゃないか」。家来たちは、乱暴者の御主人が何かしでかすのではないかと思ってひやひやしている。

講師は必死で説明をする

　源大夫は、ずかずかとお堂の中に入り、講話を聴いている人々を押しのけ、講師の横にどっかとすわり、講師をにらみつけて言う、「講師は一体、何をしゃべっていたのか。このおれが、心で『なるほどな』と納得することを話して聞かせろ。そうでなかったら、ただじゃあおかないぞ」。

　講師は、震えあがったけれど、もともと知恵のある僧だったから、心の中で仏にご加護をお願いしつつ、説明する。どんなことを言ったか？　原文で示しておきましょう。

「此《ここ》より西に、多《おほ》くの世界を過ぎて、仏《ほとけ》在《まし》ます。阿弥陀仏《あみだぶつ》と申《まう》す。其《そ》の仏、心広くして、年来《としごろ》罪《つみ》を造《つく》り積《つみ》たる人なれども、思《おも》ひ返《かへ》して一度《ひとたび》、『阿弥陀仏《あみだぶつ》』と申《まう》しつれば、必《かなら》ず其《そ》の人を迎《むか》へて楽《たのし》く微妙《めでた》き国《くに》に思《おも》ひと思《おも》ふ事叶《ことかな》ふ身《み》と生《むま》れて、遂《つひ》には仏《ほとけ》となむ成《な》る。」

（＝「ここから西の方に向かって、多くの世界を過ぎて行ったところに、仏がいらっしゃいます。『阿弥陀仏』と申します。その仏は、心が広く、長年罪を造り重ねた人でも、後悔して一度でも『阿弥陀仏』と御名を呼び申し上げますと、必ずその人を楽しくすばら

図31　講師の僧が説法をしている。源大夫は、こうした場所でつかつかと講師の傍に歩み寄った。(『特別展観 法然上人絵伝』東京国立博物館より)

しい国に迎えてくださり、願い事はことごとく叶う身に生まれ変わって、最後には仏となるのです。」）

源大夫は、そう聞くとたまらなく嬉しくなって矢継ぎ早に質問する。「その仏さまは人を哀れみなさるということなら、おれをも憎みなさらんであろうな」「おれがその仏の名をお呼びしたらお答えになろうか？」講師は答える、「真心を込めてお呼びすれば、どうしてお答えにならぬことがありましょうか」と。さらに源大夫は、講師に聞いた、「その仏は、どういう人が好きだとおっしゃるのか？」。

さて、あなたが講師だったら、何と答えますか？　私など、答えに詰まってしまいそうですが、講師は答えます、「人が、他人の子より自分の子をかわいいと思うように、とりわけ御弟子になったものをいちだんとかわいいとお思いになるのです」。すると、源大夫は聞く、「どのようなものを弟子というのか？」。講師は答える、「今日の私のように、頭を剃ったものは、みな仏の御弟子です」。

さあ、ここからが本番です。講師の答えを聞いた源大夫は、「**然《さ》は、我《わ》が此《こ》の頭《かしら》剃《そ》れ**

（＝ならば、おれの頭を剃れ）」と言い出したのです。

源大夫は、あっという間に出家した

講師は驚き、家に帰って妻子や従者に相談するように勧める。すると、源大夫は、怒った。「きさま、頭を剃った弟子をかわいがると言ったくせに、たちまち『後で剃れ』などと抜かすのだ。全くでたらめではないか！」。そう言って、刀を抜いて、自分で自分の頭の髻《もとどり》を根元から切り落とした。

悪人が、にわかに刀を抜いて髻を切ったものだから、講師もあわて、その場にいた聴衆もびっくりし、家来たちも太刀を抜き矢をつがえて駆け込んできた。源大夫は、家来たちを押し静め、言い渡す、「これから先は、おまえたちは、それぞれ行き

図32　源大夫の姿を彷彿とさせる空也像。首に金鼓をかけ、右手に撞木を持っている。口からは、「南無阿弥陀仏」の六字の名号を象徴する六体の阿弥陀像が出ている。（『図説　日本の古典7　源氏物語』集英社より）

たいところに行って勤めよ。一人も私についてきてはいけない」。

源大夫は、切った髻を仏に奉り、ただちに湯を沸かし、自分で頭を洗い、講師に向かって言う、「さあ、剃れ。剃らぬと承知しないぞ」。講師は、出家するのを妨げたなら、かえって罪を犯すことになろうと覚悟して、源大夫の頭を剃り、戒を授けた。家来たちは、涙を流し、悲しんだ。

源大夫は、それから、袈裟に着がえ、金鼓（叩きがね）を首にかけて、阿弥陀仏が答えてくださるところまで西に向かって歩いて行くと言う。お答えのない限り野山であろうと海川であろうと、決して引き返さない決意を示す。「**阿弥陀仏よや、をいをい**（＝阿弥陀仏よ、おーい、おーい）」。源大夫は、声を張り上げ金鼓をたたきながら歩きだした。

阿弥陀仏が答えた！

源大夫は、阿弥陀仏を呼びながら、西へ西へと向かって歩いて行った。山があろうが川があろうが、回り道をしないので、倒れたり転がったりしながら、ただひたすらまっしぐらに進んでいく。やがて、一つの寺に行き着いた。

そこで住職に向かって今までのことを話してから頼み込んだ、「ここから西にある高い峰を越して進もうと思っている。七日経って私のいる場所を必ず訪ねてきてほしい。途中は、草を結び付けていくから、それを目印にして来てほしい」。そして、言う、「ほんの少しでいいから、何か食べ物を分けてはくれまいか」と。住職が、干《ほ》し飯《いい》（一度炊いた飯を乾燥させたもの）を与えると、源大夫は、ごく少しだけ紙に包み、腰にくり付けて寺を出て行った。

住職は言われたとおりに七日目に、源大夫の結んだ草を頼りに訪ねていくと、険しい峰で西向きに海のよく見える場所に行きついた。そこには二股の木があり、そこにまたがって源大夫が金鼓をたたいて「阿弥陀仏よ、おーいおーい」と叫んでいた。

住職を見ると、源大夫は嬉しそうに報告する、「さらに西をめざして、海にも入って行こうと思ったけれど、ここで阿弥陀仏がお答えくださったので、なお呼び続けているのじゃ」と。住職は、そんなことあるわけないと思っていると、源大夫は実証してみせる。その場面を原文で味わっておきましょう。

「然《さ》は呼《よ》び奉《たてまつ》らむ。聞け」と云《い》ひて、「阿弥陀仏《あみだぶつ》よや、をいをい。何《いど》こに御《おは》します」と叫《さけ》べば、海の中に微妙《みめう》の御音《おほむこゑ》有《あ》りて、「此《ここ》に有《あ》り」と答へ給《たま》ひければ、入道《にふだう》、「此《こ》れは聞《き》くや」と云《い》ふに、住持《ぢうぢ》此《こ》の御音《おほむこゑ》を聞《き》きて、悲《かな》しく貴《たふと》くて、臥《ふ》し丸《まろ》び泣《な》く事限《ことかぎ》り無《な》し。

（＝「では、お呼びしてみよう。聞いておれよ」と言って、「阿弥陀仏よ、おーいおーい。どこにおわしますか」と大声で呼ぶと、沖の方から何とも言えない美しい声で、「ここにおるよ」と御答えがあった。入道（源大夫）は、「どうだ、聴いたか？」と言ったが、住職は阿弥陀仏のお声を耳にしてありがたく貴く、地に倒れ伏して声をあげて限りなく泣くのであった。）

源大夫は、阿弥陀仏のお返事の声をついに聴けたのです。彼は、住職にさらに七日経ってから自分の様子を見に来てほしいと頼んだ。住職が持ってきてくれた食べ物も辞退した。見ると、前にあげた干し飯は、そのまま源大夫の腰にあった。

蓮華の花を口にして

それから七日経って、住職は源大夫を見に行った。今度は、次のような状態であった。

前《さき》の如《ごと》く木の胯《また》に西に向《むか》ひて、此《こ》の度《たび》は死《し》にて居《ゐ》たり。見れば、口より微妙《めでた》く鮮《あざやか》なる蓮華一葉《れんぐゑいちえふ》生《お》ひたり。

（＝源大夫は、前と同じように、木の股にまたがったまま西を向いていたが、今度は死んでいた。見れば、口からすばらしく色鮮やかな蓮の花が一葉生えていた。）

住職は、これを見て涙を流して感激し尊び、蓮の花を折り取った。亡骸《なきがら》は埋葬してやろうと思ったけれど、本人は遺体を鳥や獣に施してやろうと思っていたのかもしれないと考え、そのままにして泣く泣く帰って行ったという話。

情熱さえあれば、先人を追い越せる

この話は、現代人に、二つのことを教えてくれます。第一に、思い立つ時期がどんなに遅かろうとも、そのことをやり遂げようとする熱量が高ければ、前からやっている人を難なく追い越すことが可能であるということです。

この話に登場する講師や住職は、源大夫よりずっと前から、仏道修行していた人たちです。それに対して、源大夫は、突然出家し、阿弥陀仏に救いを求めることを思い立った人間です。にもかかわらず、その希求の度合いは半端ないほど強い。野を越え、山を越え、川を渡り、一直線に阿弥陀仏を求めて、突き進む。そして、最後は見事に阿弥陀仏の弟子になっています。講師や住職の達することのできなかった信仰の高みに達しています。

情熱的に目的に向かって一直線に突き進む力を持った人間であれば、修行期間の短さなど問題ではなく、長年その道をやっている人を難なく乗り越えられるのです。「ああ、私は、あれがやりたかったのに、今からでは遅い」と思う必要はないということです。今からでも、間に合うのです。やり遂げたいという情熱さえあれば、先人に追いつき、時には先人を追い越すことさえできるのです。なんと、私たちを力づけてくれる教えでしょうか。

出会いが人生を転換させる時

第二に、出会いがその人の人生を転換させるほどの力を持つ時というのは、その人自身の中に、その出会いを受け入れる素地がある時だけだということです。

源大夫は、講師に出会って、話を聞き、人生が一八〇度変わってしまいました。それまでの殺生三昧の生活から、仏道修行の人生へと。でも、出会った講師が、人並外れて優れていたわけではありませんね。割合、そつなく答えられる知恵があるという程度でした。ということは、源大夫の中に、そもそも仏道を志したいという潜在意識があったと考えられます。その証拠に、源大夫が寺の前を通りかかり、家来に講師のことを聞くと、源大夫はこう言っていましたね。

「そういうことをする（仏の話やお経の話をする）者がいるということはぼんやり聞いたことはあるが、こうして間近に見たことはなかった。坊主がどんなことをしゃべるのか、ひとつ行って聞いてやろうじゃないか」と。以前に「ぼんやり聞いたこと」を源大夫が記憶していたということは、いつかそういう機会があったら、話を聞いてみようという気持ちがあったという証拠です。講師の話を受け入れる素地が整っていたのです。自分にとって必要なことは、どんな些細なことでも記憶にとどまるのが、人間の常ですから。

源大夫の心の中には、常々「おれは、こんな殺生ばかりしていたら、地獄に落ちるのではないか。仏道修行をして殺生の罪を消滅させたい」という思いがあった。だからこそ、源大夫は、講師の僧を見ると、自分からすたすた近づいていった。

講師は、たまたま口がまわり、源大夫の質問に無難に答えていった。答えを聞いているうちに、源大夫の出家の気持ちは固まり、剃髪に至ったと考えられます。

よく、「あの人との出会いが、自分の人生を変えた」と言います。でも、よく観察すると、人との出会いは、きっかけにすぎない場合が多いのです。そもそも、もとから、たとえば、音楽に惹かれていたり、武道に惹かれていたり、絵画に惹かれていたりという素地が必ずあります。出会いを受け入れる素地が自分の中に備わっていなければ、どんな人と出会っても、その人を変える力にはなりません。ここが、ポイントです。

人生を転換させたかったら、立ちどまって、自分が過去に興味を覚えた事柄を洗い出して、じっと考えてみてください。すると、変わるべき方向が見えてくるでしょう。

それにしても、一念発起して成仏した源大夫の口から蓮華の花が咲いていたなんて、幻想的で、すごく文学的ですね。

信じ合い機転を利かせて生還する

――『今昔物語集』(2)

ここで取り上げるのは、『今昔物語集』の巻一〇第三五話。中国の話です。タイトルは、「国王、百丈《ひやくぢやう》の石《いは》の卒塔婆《そとば》を造《つく》りて、工《たくみ》を殺《ころ》さむとせること」。

一体、どんな話でしょうか？

卒塔婆のてっぺんに取り残される

中国に、ある国王がいました。その国王は、石匠に命じて「百丈」もある石造りの卒塔婆を造らせたのです。「卒塔婆」というのは、お釈迦様の骨を安置し、供養する目的で建てられる塔のこと。日本だったら、五重《ごじゆう》の塔《とう》や十三重《じゆうさんじゆう》の塔が「卒塔婆」ですね。お墓などに立てる細長い板を「卒塔婆」とも言いますが、ここで言う「卒塔婆」とは別です。

中国では、たとえば、図33のような石造りの高層の建物が「卒塔婆」です。国王ですから、財力に任せて立派な高層の卒塔婆を建てさせたのです。

それにしても、「百丈」の卒塔婆は、実際にはありえないと思いませんか。「百丈」と言えば、約三〇〇メートルの高さの建物ですよ。もとになった説話は、四世紀後半から五世紀初頭にできた中国の『大荘厳論経《だいしょうごんろんきょう》』に出てくる話です。その頃、三〇〇メートルもある高層建造物はまだできていないと考えたほうが自然です。これは中国式誇張表現とみなしていいでしょう。

なにしろ、中国は、李白の詩でおなじみの「白髪三千丈」と表現する国です。「三千丈」と言ったら、約九キロメートル。そんなに長い白髪は現実には存在しません。豪快な表現を好む中国らしいところ。だから、「百丈」といっても、現存する古い卒塔婆から推測すると、実際には六〇メートルに達するくらいの高層の「卒塔婆」と考えておくのが妥当です。現在で言えば、一九〜二〇階建てのビルの高さですね。

だとしても、当時としては超高層の卒塔婆を建てた石匠は、統率力のある腕のいい石匠だったに違いありません。人を疑うことを知らない職人気質の石匠でもあったのでしょう。

出来上がった卒塔婆のてっぺんで、石匠は、「やったぞ〜」と、長い年月かかって成し遂げた自分たちの仕事に感無量の思いに浸っていた。その時です。足場がばらばらと一気にはずされていくのを目にした。「りゃりゃりゃ、何だ、何だ」と思っているうちに、足場はすっかりに取り払われて、たった一人、卒塔婆のてっぺんに取り残されてしまった！

国王の幼い動機

一緒に働いてきた同僚たちは、すべて地上に降りていました。同僚たちは、国王の命令に逆らうことがで

図33　北京市公安門外にある丁寧寺の石の卒塔婆。中国の遼代（916年〜1125年）に建立。高さは、57.8メートル。説話に出てくる石匠も、こういう立派な卒塔婆を造りあげた。（Wikimedia Commons）

きずに、やむをえず石匠一人を残して、足場を取り払ったに違いありません。地上六〇メートル近い卒塔婆の上に、石匠はただ一人取り残されてしまったのです。助けを求めても、地上に声は届きません。

なぜ、国王は、そんなことをしたのでしょうか？　実にたわいもない理由が記されています。この石匠を生かしておくと、他の国に行って同じように見事な卒塔婆を造るだろうから生かしておけぬというのです。なんとも嫉妬深く、心幼い動機から、他人の命を奪うのです。

国王のために、意匠を凝らし、精魂込めて長い年月働いたのに、国王の仕打ちは余りにもむごい。卒塔婆の上に取り残された石匠は、うずくまって頭を冷やして考えました。

妻を信じ、機転を利かす

私には、賢い妻がいる。きっとやって来て私を探す。そして、妻は、私の生死を知るための手がかりをつかもうとするに違いない。私にできることは何だろう？　まず卒塔婆のてっぺんで生きていることを知らせることだ。どうしたら、妻にそれを知らせることができるのか？

石匠は、とっさのひらめきを得た。着ている服を脱いで縫い目をほどいて布地にした。さらにそれを裂いて糸にしていった。その糸を結んで長くして、そっと下に垂らしていった。糸はとっても細いので、風に吹かれてゆらゆらと空中に漂っている。

夫を信じ、機転を働かせる

さて、妻のほうは、夫の同僚から夫の危機を聞かされ、子どもたちと卒塔婆の下に飛んで来た。「夫は、何も手を打たずに死ぬような人じゃあない。きっと何か手立てを講じるはずだ」。妻は、卒塔婆の周りをぐるぐる回って夫からのサインを探し続けた。するると、細い糸が宙に舞っている。夫のサインに違いない。妻は、その糸をそっと手に持ち、引いてみた。すると、それに呼応して上でも糸を引いて合図してくる。夫に間違いない。夫は生きている！

救い出すにはどうしたらいいのか？　妻に名案がひらめいた。ここからがこの話のクライマックス。原文でそれを示しますので、味わってください。原文を読むのが面倒な方は、どうぞ現代語で。現代語訳は、文脈が分かるように、言葉を補っています。原文にある□の部分は、原文で破損していて読めない箇所です。でも、前後の文脈からどんな語が入るのか推測できますので、現代語訳には、それを反映させておきます。

原文で味わう、夫を生還させる方法

家に走り行きて、績《う》み置《お》きたる□取り持《も》て来《き》たりて、前《さき》の糸《いと》に結《ゆ》ひ付《つ》けつ。上に動かすに従《したが》ひて、下にも動《うご》かすを、漸《やうや》く上《あ》げ取りつれば、此《こ》の度《たび》は切《き》りたる糸を結ひ付けつ。其《そ》れを絡《く》り取《と》れば、亦《また》、糸の程なる細き縄を結ひ付けつ。亦、其れを絡り取りつれば、亦太き縄を結ひ付けつ。亦、其れを絡り上げ取れば、其の度は三《み》絡四《よりよ》絡《より》の縄を上げつ。亦、其れを絡り上げ取りつ。其の時に、その縄に付きて、構《かま》へて伝ひ下《お》りぬれば、逃げて去りにけり。

（＝妻は自分の家に走り帰って、糸を縒って紡いでおいた糸巻を持ってきて、夫の垂らしてきた糸に結び付けた。上で夫が糸を動かすのに合わせて、下でも妻が糸を動かすと、ようやく夫が糸を引き上げはじめた。その糸に今度はある程度の長さに切った糸を結び付けた。それを夫が手繰り取ったので、今度は糸のように細い縄を結び付けた。また、夫がそれを手繰り取ったので、今度は太い縄を結び付けた。それも手繰り取ったので、それからは三本の縄をより合わせたものを、続いて四本の縄をより合わせたものを上にあげた。夫は、それらを順次手繰り寄せた。それから、夫は、用心深くその縄につたわりながら地上に降りてきた。夫婦は国王のひどい仕打ちを知って、その土地から逃げ去っていったのだった。）

これで、この話は完結です。夫が、衣服を解いて糸を垂らすアイディアを出せば、その糸に徐々に太い糸、細い縄、太い縄、人が摑《つか》まって下りられるほどの丈夫な縄を結び付けていく妻。まさに阿吽《あうん》の呼吸で、響き合う知恵と知恵。

夫がいくら糸を下ろしても、それに応じる妻の賢さがなければ、危機を脱することはできなかったはずです。用心深く、妻から夫に手渡されていく糸と縄。そこには信頼しあった人間同士の知恵と愛が流れています。夫は、妻の送ってくれた頑丈な縄を伝って降りて生還できたのです。それから、こんな国王のもとにいては、殺されると思い、子どもをひきつれて命からがら国外に逃げ出したという話。

優れた相棒こそ大事

いかがでしたか？　この話は、私たちに次の三つのことを教えてくれます。

第一に、極度の困難に陥った時、それを打開する秘訣を教えていることです。この話に登場した夫婦は、相手の知力を信じ、協力し合って阿吽の呼吸で事件を解決していました。危機に襲われた時、相手を信じ、自分の力を最大限発揮して事に当たる。そこには、何ものにも負けない大きな力が生まれる。そんな大事なことを現代人に教えてくれます。

一人では解決できなくても、優れた相棒に恵まれていれば、起死回生のチャンスがある。それは、たった二人の人間でも達成できるということです。互いに信頼でき、相手の考えることを瞬時に理解でき、それに応じる力量のある人間同士であれば、困難から脱出できるのです。相棒の大切さをしみじみと教えてくれる話です。

生存を知らせる方法

第二に、自分の生存を知らせる一つの方法を教えていることです。声も届かない高所から地上の人に自分の存在を知らせるには、この話の夫がしたように、着ているものをほどいて糸にし、それを地上に下ろせばいいのです。

原始的なと思うかもしれませんが、携帯やらあらゆる通信機器も取り上げられた状態では、素晴らしいアイディアです。上から物を落とす方法もないわけではありません。でも、それを実行すると、たまたま通りかかった地上の人に当たり、死に至らしめる危険性があります。それに、仮に、物が地上にうまく落下したとしても、その後どうすることもできません。せいぜいそこを通行する人が、「変なものが落ちているなあ」と思っておしまいです。その落下物の存在を受けて、あとに行動を続けることができないのです。

糸だったら、メモ書きを付けて下ろすこともできます。また、下にいる人間は下りてきている糸に気づけば、そのメモを読み、事態を理解できます。さらに、そこに物やメモ書きを結び付けたりして引き上げてもらえば、コミュニケーションが取れます。死の危機から脱出できる可能性が高いのです。原始的だけれど、現代人に不足している命を守る知恵を授けてくれます。

未熟な権力者のもとを去る

第三に、嫉妬深く未熟な精神を持った権力者からは、逃げ出すことが必要だという教えです。横暴な分からず屋の権力者のもとでは、命がいくつあっても足りません。この夫婦のように、そこから逃げるのが最も有効だということです。

とはいっても、現実ではなかなか逃げ出すことができないこともあります。そうした時は、①仲間の間で強固な協力態勢ができている、②とっさの機転を発揮できる人物たちがいる、という二つの条件をクリアしていれば、なんとか現状を変えられる可能性があるということを示唆してくれます。

説話に登場した夫婦は、これから先も、いかなる困難に遭遇しようとも、二人で力を合わせて生き延びて行く、そんな頼もしさを感じさせてくれる話です。

勇気を出して正体を見定める
──『今昔物語集』(3)

ここで取り上げる話は、『今昔物語集』の巻二七の第三五話。巻二七は、日本の霊鬼に関する説話を集めた巻です。第三五話のタイトルは、「光《ひかり》有《あ》りて死人《しにん》の傍《かたは》らに来《き》たる野猪《くさゐなぎ》の殺《ころ》さるること」。「野猪」というのは、「猪」の古い言い方です。

では、どんな話なのか、早速、読んでみましょう。

死人が妖鬼になったのか

あるところに、勇敢で思慮もある兄弟がいました。親が亡くなったので、ご遺体を棺に入れて、蓋をして、皆のいるところから離れた小部屋に置いておきました。葬儀がだいぶ先なので、数日間そのままにしておいたところ、こんなことを言ってくる人がいる。「ご遺体を置いてある部屋に、真夜中頃に何か光るものが見えます。怪しいことです」と。

兄弟はこれを聞いて、「死人が化け物になって、光るのかもしれない。あるいは、死人のところに化け物がやってくるのかもしれない」と話し合った。

さて、あなたなら、この後、どうなさいますか？　私を含めて多くの人は、棺のあるところには近寄らず、ひたすら葬儀が終わるのを待っている状態ですませてしまう気がします。でも、この兄弟は、違うのです。

正体を見定めよう

「なんとか、光るものの正体を見定めてやろうじゃないか」と相談しあった。そして、弟のほうが勇敢だったんですね。お兄さんにこう言う、「おれが、声を上げたら、すぐに灯をともして、必ず大急ぎで持って来てくれ」。

夜になると、弟は、そっと棺の所に行き、蓋を取ってひっくり返しにして、ご遺体の入っている棺の上に載せた。そして、蓋の上に裸になって髪をざんばらにして、仰向けに寝た。つまり、死体を装ったわけです。当時は、死者は裸で葬られます。弟は、短刀をぴったりと身につけて隠し持っていた。

真夜中になったと思う頃、目をそっと少しだけ開けてみると、天井の辺りで何かが光った。この後は、原文で味わいましょう。

二度《にど》許《ばかり》光《ひか》りて後《のち》、天井《てんじやう》を掻《か》き開《あ》けて下《お》り来《く》る者《もの》有《あ》り。目《め》を見開《みひら》かねば、確《たし》かに何《なに》者《もの》とは見《み》えず。大《おほ》きやかなる者《もの》、板敷《いたじき》にどうと着《つ》きぬなり。此《か》かる程《ほど》に真《ま》さおに光《ひか》りたり。此《こ》の者《もの》、臥《ふ》したる棺《ひつき》の蓋《ふた》を取《と》りて傍《かたはら》に置《お》かむと為《す》るを押《お》し量《はか》りて、ひたと抱《いだ》き付《つ》きて、音《こゑ》を高《たか》く挙《あ》げて、「得《え》たり。をう」と云《い》ひて、脇《わき》と思《おぼ》しき所《ところ》に刀《かたな》を欛《つか》口《ぐち》まで突《つ》き立《た》てつ。

（＝二度ほど光った後、天井をこじあけて下りて来るものがある。目を見開いているわけではないから、はっきりと何者とは分からない。何か大きなものが板張りの床にドンと下りた音がした。その間、ずっとまっ青に光っている。そいつが、弟の寝ている棺の蓋をどかして、脇に置こうとする瞬間をとらえて、弟はそいつにピタッと抱きつくや、大声で「やったぞ。おう！」と言って、それの脇腹と思われるところに、刀を鍔元《つばもと》まで突き立てた。）

すると、光も消えた。控えていた兄は、すぐに灯をともしてやって来た。さて、弟がしとめたのは、何だったでしょうか？

大《おほ》きなる野猪《くさゐなぎ》の毛《け》も無《な》きに抱《いだ》き付《つ》きて、脇《わき》に刀《かたな》を突《つ》き立《た》てられて死《し》にて有《あ》り。

（＝大きな猪で、毛も禿げたやつに抱きついていた。その猪は、脇腹に刀を突き立てられて死んでいた。）

なんと、年老いて毛も禿げた、大きな猪だったのです。猪は、人間の死体を漁っていたのです。『今昔物語集』は、弟を「恐ろしくも不気味な心の持ち主」と評価し、猪を「バカな死に方をしたやつ」と言って、この話を閉じています。

人間をおどす猪

『今昔物語集』は、猪と人間の攻防の話をこの他にもしばしば描いています。その中から、二つだけ取り上げ、簡単な内容紹介をしてみます。当時の人と猪とのかかわりが良く分かるからです。

初めに取り上げる話は、今、取り上げた話のすぐ後にある説話です。つまり、巻二七の第三六話「播磨国《はりまのくに》の印南野《いなみの》にして野猪《くさゐなぎ》を殺《ころ》すこと」です。

飛脚を仕事にしている男が、西国から上京する途中、印南野（兵庫県南部の加古川と明石川の間に広がる平野）で、日がとっぷり暮れてしまった。男は、田畑の中にぽつんとある小屋に泊まった。人里離れているので、男は用心して、衣服も脱がず、物音もさせず、まんじりともせずにいた。

すると、夜中に小屋から二、三〇メートル離れた所で、お葬式をしている。男は恐怖

図34「野猪」の下に「和名久佐井奈岐《くさゐなぎ》」と書いてある。（『和漢三才図会』巻58 獣類、新典社より）

に駆られたが、一方では不審にも思った。お葬式は、ふつう昼間から用意するものなのに、明るいうちは、それらしきことは何もなかった。変だぞ。でも、目の前で葬式が終わり、墓を作り卒塔婆を立てて、人々はいなくなった。

男は、前よりも恐怖感におそわれ、ひたすら夜の明けるのを待ち、墓の方をじっと見つめていた。すると、墓がむくむくと動く。そこから、裸の人間が出てきて、腕や体についた火を吹き払いながら、男のいる小屋に向かって突進してくる！　死体の所には必ず鬼がいる。鬼に違いない。男は観念したが、どうせ死ぬなら、この小屋に入られる前に飛び出して切りつけてやろう。

男は太刀を抜いて、鬼に向かって走り出し、ブツッと切りつけると、鬼はあおむけに倒れた。男は、走り続けて人里に着き、翌朝、里人と一緒に、昨夜の場所に行ってみると、大きな猪が死んでいた。人々は、殺された猪を見て、人を脅すなどのつまらぬ真似をして命を落としたばかなやつと、わいわい騒いだという話。

人間をたぶらかす猪

次の猪の話は、巻二〇第一三話の「愛宕護《あたご》の山の聖人、野猪《くさゐなぎ》に謀《たばか》らるること」。

愛宕山《あたごやま》に、ひたすら法華経を信奉する修行者がいた。残念ながら、知恵がなく、書物を読んできちんと仏法を学んだことがない。そんな聖人ではあったけれど、山に住む一人の猟師が心から尊び、通ってきていた。

久しぶりに訪れた猟師は、聖人から、毎晩、普賢菩薩様が現れると聞かされた。そして、今夜はここに泊まって、それを拝むと良いと言われた。猟師は、聖人のもとに泊まることにした。

夜半も過ぎた頃、東の峰から月が上がってくるように、辺りが白々と明るくなり、白い色の菩薩が白象に乗ってしずしずと下りて来る。聖人は、涙を流しながらひれ伏している。猟師は、経も知らない自分にも見えることに不信感を抱いた。「誠かどうか試してみることも、信心を強めるためだから、けっして罪を得ることにもなるまい」と思って、猟師は、尖り矢(先をとがらせた鏃《やじり》を付けた四枚羽の矢)を弓につがえ、強く引き絞って射た。矢は、菩薩の胸に命中。光も消え失せ、谷の方に地響きを立てて逃げていく音がする。

聖人は、不遜なことをした猟師に怒り心頭。でも、夜が明けてから、二人で菩薩の立っていたところに行ってみると、血が流れている。血の跡をたどって一町（一〇九メートル）ほど下ると、谷底に大きな野猪が尖り矢で胸から背までを射抜かれて死んでいた、という話。

『今昔物語集』は、聖人でも、知恵がないと野猪の幻術にだまされる。もっぱら殺生の罪を犯している猟師でも、思慮があれば、化けの皮をはがせる、と述べてこの話を結んでいます。

正体を見定める勇気と知恵

猪をめぐる話は、いかがでしたか？　一番恐怖心がおこる話は、印南野で墓から出てきた裸の人間が火を吹き払いながら、男のいる小屋めがけて突進してくる話です。小屋に入られたらおしまいです。また、小屋から逃げ出したら、恰好の餌食です。相手のほうがスピードがあるのですから、すぐに捕まってしまいます。生きのびるには、こちらから向かっていく以外にないですからね。

さて、これらの説話は、私たちに、二つのメッセージを送ってくれます。一つ目は、不可解な現象があったら、ひたすら恐怖におびえたり、逆に有り難がったりしないで、しっかりと正体を見定める勇気と知恵を持てということです。

正体を見定めるために、説話にあるような、死人の真似をして裸になって棺の蓋の上に寝そべるという危険なことをしなくても、あるいは、弓で射るなどの技術の必要なことをしなくても、何か方法はありそうです。

たとえば、真っ青な光の見える部屋に、外からのぞけるような穴を昼のうちにあけておいて、夜になったら、外から内部をのぞいて正体を確かめるという方法も考えられます。昔の夜は、本当に真っ暗闇ですが、月が出ていたらぼんやりとでも見えるはずです。

また、現出した普賢菩薩のほうも、正体をつきとめればいいのですから、たとえば、お線香をむせるほど焚いてみるのも、ひとつの方法です。本当の普賢菩薩なら、お線香の煙にむせたりしないはずですから。

要は、自分でもできる方法を考えて、怪しげな現象の正体を見定めようという勇気を持てというメッセージです。

ちなみに、説話に関して言えば、地味なやり方の撃退法では語る価値がありません。無謀なやり方でやり遂げたからこそ、拍手喝采で、伝えるに値する話になるわけです。

猪が人を化かす時代

二つ目は、平安時代の人は、猪が人を化かすと思っていたという面白い事実です。現代人は、動物が人を化かすなどと考えることはありません。でも、子供の頃は、狐が人を化かすという言い伝えを信じていたりしましたね。

平安時代では、猪が幻術を使って人を脅したり人をたぶらかしたりしているのです。それにしても、なぜ、猪が幻術使いになったのでしょうか？　私は、こんなふうに考えています。まず、人里によくあらわれるので、多くの人が猪を知っている。さらに、当時の人々は、狩猟で猪をしとめ、その肉を喜んで食べていました。美味だったようです。

一方、平安時代は、現代よりも仏教思想が普及していましたから、殺生の罪を犯しているという意識も強い。その罪悪感が、猪を強者に仕立て上げます。人間を恐怖に陥れる幻術を見せたり、人間を侮るような幻術を見せたりする話の下地になります。

言ってみれば、猪をしとめ、その肉を食する現実と殺生の罪を犯しているという罪悪感とのせめぎあいが、ここで紹介したような猪の説話を生み出す源になっていると考えられるのです。

そして、面白いことに、最後は常に人間が勝者になっています。ということは、罪悪感より猪肉を食べるほうを優先させているのではないかという序列までほの見えてくるような気がします。

猪をめぐる説話は、動物と人間との関係を考えさせ、それが、時代によって変わっていくことを具体的に教えてくれます。

どのみち死ぬなら、やってみる
——『今昔物語集』(4)

あなたが命の危機にさらされた時、どうしても思い出していただきたい話があります。それが、ここで取り上げる『今昔物語集』巻二六の第三話です。タイトルは、「美《み》濃《のの》国《くに》の因幡《いなば》の河《かは》、水出《みづい》でて人《ひと》を流《なが》すこと」です。

美濃国は、今の岐阜県。因幡の河というのは、現在の長良川のこと。今でこそ、長良川の氾濫を防ぐための工事がしっかりとなされ、洪水に見舞われることは、少なくなっていますが、昔は大雨が降ると、川が氾濫。辺り一帯は、洪水の被害に見舞われていました。ですから、川の傍にある家は、洪水になっても困らないように、舟を持っていたり、屋根裏を丈夫に造っておいたりしました。水が引くまで屋根裏で生活できるための工夫です。

では、その長良川で、どんな事件があったのでしょうか？

舟のように流れ出した屋根裏

長良川の辺りが二〇年ぶりの大洪水に見舞われた。水が天井の上まで達するほどの大洪水。多くの家が流され、多くの人が亡くなった。そんな中で、屋根裏をとりわけ丈夫に造った家があって、その家はバラバラにならずに、屋根裏だけが舟のようになって、浮いて流れ出した。男たちは、備え付けの舟に乗ったり泳いだりして用足しに出かけていて、その屋根裏にいるのは、女が二、三人、子供が四、五人だった。

高い山に避難した人たちは、舟のように浮いている屋根裏を見て、「あの流されていく人たちは、助かるだろうか。どうなることだろう」と言い合っていた。

火災から逃れる

すると、屋根裏で煮炊きしていた火に、強風が吹きつけたので、火は猛然と燃え上がり、屋根裏にいた人たちは、見ている人たちの目の前で、焼け死んでしまった。

その中で、たった一人、一四、五歳の少年が火を逃れて水に飛び込んだ。見ている人たちは「あの子は、火の難は逃れたけれど、とうてい助かりそうもない。結局、水に溺れて死んでしまう運命なんだろう」と言い合っていた。

少年は、どんどん水に流されていく。と、たまたま青い木の葉が水面に出ている。少年は、それをとっさにつかんだ。すると、流されなくなった。手探りしていくと、木の枝であった。少年は、それをしっかりつかんで離さない。

水難から逃れたけれど

この川は、しばしば氾濫するけれど、水が引きやすい川でもあったので、少年は、少しずつ現れた木の股にまたがって、夜明けを待った。

日が昇った。見ると、少年は、遥か高い峰の上から深い谷底に向かって、傾き生え、枝もなく、三〇メートルほどもあろうかと思われる木の天辺の細い枝にしがみついているのだった。ちょっとでも身動きすると、ゆらゆらと揺れて、枝が折れ墜落しそうであった。「助けて〜」と叫んだけれど、聞きつける人もいない。

少年は、この時どんな思いでいたでしょうか？ 原文で示しておきましょう。

「水《みづ》の難《なん》を免《のが》れむと為《す》る程《ほど》に、火《ひ》の難《なん》に合《あ》ひぬ。火の難を免れむと為《す》る程《ほど》に、此《か》く遥《はるか》なる木《き》より落《お》ちて、身《み》を砕《くだ》きて死《し》なむと為《す》る、悲《かな》しき態《わざ》かな。」

（＝「水難を逃れようとして、火難に遭った。火難を逃れようとすると、こんな高い木の天辺から落ちて、木っ端みじんになって死んでしまいそうになる、悲しいことだなあ。」）

図35 少年は、助けを求めて必死で叫んだ。（イラスト：なかがわみさこ）

墜落から逃れるには

少年は、あきらめずに大声を出して、助けを求め続けた。やっとのことで、人がその声に気づいてくれた。その人が声のするほうを見上げると、遥か彼方の木の枝につかまっている少年がいるではないか。助けてやりたくても、その木の幹には枝がない。足場を組もうにも、場所が悪すぎて手の施しようがない。これといった名案もないまま、時間ばかりが過ぎて行く。その時、少年が必死な声で叫んだ。少年の言ったことは？　原文を引用しましょう。

「今暫《いましばら》く有《あ》らば、心《こころ》にも非《あら》ずして落《お》ちなんとす。同《おな》じ死《し》にを、網《あみ》を多《おほ》く集《あつ》めて、其《そ》れを張《は》りて受《う》けよ。若《も》しや助《たす》かると、其《そ》れが上《うへ》に落《お》ち懸《か》からむ。」

（＝「もう少しこのままいれば、力が尽きて落っこっちゃうよ。どのみち死ぬなら、網をたくさん集めて、それを広げて僕を受け止めて。もしかしたら助かるかもしれないから、その上に飛び降りてみる。」）

土壇場で出た少年の知恵。大人は、誰も思いつかなかったのに。少年の必死さが伝わってきます。「同じ死にを」は「どのみち死ぬなら」の意味。少年は、何もしないで墜落死するよりは、どのみち死ぬなら最後の挑戦をすることを選んだのです。人々に、自分を受け止める網を張ってもらって、そこをめがけて飛び降りることに懸けたのです。大人たちも、それもそうだと思って、強い縄を高く張って、それを支えに幾重にも網を重ねて張った。そして、固唾《かたず》をのんで見守った。

少年は、心に観音を念じて飛び降りた。「**ふりふりと**（動詞「振る」の連用形「振り」を重ねてつくった擬態語と察せられる）」左右に揺れながら、少年は落ちてくる。その時間の長く感じられたこと。スローモーション映像さながら。少年は、うまい具合に網の上に落ち、二時間ほどで息を吹き返した。まさに九死に一生を得た話。

『今昔物語集』の撰者の思想

いかがですか？　現代で言えば、中学二年生くらいの男の子の話です。彼のチャレンジ精神には、頭の下がる思いです。最初に襲ってきた洪水は、屋根裏があったので、偶然助かった。まだ、チャレンジする必要はなかった。

次に襲ってきた火難から、少年のチャレンジ精神が発揮され始める。少年は、他の人と違って火難を逃れるために、ただ一人、水に飛び込んでチャレンジしています。次に襲ってきたのは、水難。彼は、そこから逃れるために、必死でうまく摑《つか》まるものを探して水難から逃れた。最後に襲ってきたのは、墜落死の危機。少年は、知恵を出して決死の覚悟で網の上に飛び降り、生還を果たす。

少年のチャレンジ精神は、火難、水難、墜落死の三回にわたって、いかんなく発揮されています。どれを仕損じても、その時点で命は終わる。少年のチャレンジは、「どのみち死ぬなら、やってみよう」という切羽詰まった気持ちから発しています。

死の危機に直面した時、人は、二つの選択肢を与えられます。一つ目は、襲ってくる死に抗わずに身を任せる道。二つ目は、1%でも生きられるかもしれない方策を考えて実行する道。『今昔物語集』の撰者は、後者が好みです。

『今昔物語集』には、随所に「どのみち死ぬなら」とチャレンジする人が登場しています。出典になった説話には、そうした語句はありません。『今昔物語集』の撰者が独自に加えている文言なのです。ということは、撰者は、「どのみち死ぬなら」というチャレンジ精神が大好きだったことが分かります。『今昔物語集』の撰者の根本的な思想であったわけです。

どのみち死ぬなら、やってみるの話

『今昔物語集』は、どんな時、「どのみち死ぬなら、やってみる」と考えているでしょうか？　少年の話の他には、たとえば、次のような例があります。

まず、前の章に挙げた猪の幻術に惑わされた男の話を思い出してください。巻二七の第三六話です。あの話には、「**同《おな》じ死《し》にを**」の語句が、使われていたのです。墓から出てきた裸の人間が、小屋に泊まっている男をめざして突進してきた時、男は、「どのみち死ぬなら」と決意して、自分から相手に向かって行って助かりました。

こんな話もあります。京都に、幻術を習いたいと思っている若い男がいた。てづるがあって、幻術を習える場所に連れて行ってもらえることになった。ただし、条件を付けられた。決して刀を携帯して行ってはならぬというのだ。若い男は、わざわざ言われることに疑問を感じ、用心してこっそり懐に刀をしのばせた。

現地に着くと、本当に刀を身につけていないかの身体検査が始まった。刀を隠し持っていることが知れたら、殺されると若い男は察知した。「**同《おな》じ死《し》にを、此《こ》の老いたる僧に取り付きて死《し》なむ**（＝どのみち死ぬなら、この老僧に組み付いて死んでやろう）」と決意して、懐から刀を出して相手に向かって行って、難を逃れたという話。巻二〇の第九話です。

　また、こんな話も。陰陽師に鬼が出ると言われた家があった。当日、その家の人たちは門を固く閉じて誰も家に入れなかった。ところが、いつの間にか人間の姿をした鬼らしきものが家の中にいる。皆、震え上がるが、その家の主人の息子である若い男は、「**今《いま》は何《いか》にすとも此《こ》の鬼《おに》に噉《くら》はれなむとす。同《おな》じ死《し》にを、後《のち》に人《ひと》も聞《き》けかし**（＝今はどうやろうとも此の鬼に食われてしまうだろう。どのみち死ぬなら、鬼を射て、後世に名を残してやろう）」と決意して、鬼めがけて矢を放った。鬼に命中。鬼は走り出し、消えてしまった。その家の人々は、後の災いを恐れて、弓を射た息子を責めた。しかし、その家には、その後、何の災いもなかったという話。巻二七の第二四話です。

　いずれの話も、食うか食われるかのぎりぎりの時点で選択されている行為です。相手からやられる前に先制攻撃を仕掛け、命を全うする話です。

『今昔物語集』撰者の基本的な姿勢は、人間にとって命に勝るものはない。その命を全うするために知恵を出し、勇敢にチャレンジすることをよしとするものです。

命に勝るものは、ない

「どのみち死ぬなら、やってみる」という『今昔物語集』の話は、現代人に生きることの大切さを思い起こさせてくれます。

たとえば、あなたが仕事で大失敗をして、もう立ち直れないと思い詰めていたとしても、「命に勝るものはない。死ぬのは何時《いつ》だって死ねる。死ぬ覚悟で、もう一度チャレンジしてみよう」という気持ちにさせてくれるからです。『今昔物語集』の少年の話は、現代人の忘れがちな「命が一番大事」という最も基本的なことを思い起こさせてくれます。原始的なエネルギーと言ってもいいかもしれません。そこからは、生き延びるための知恵も出ます。

人間にとって最も大切なものは、命なんです。それに比べれば、名誉だの、義理だの、人情だの、出世だの、面子《メンツ》なんて、どうでもいいのです。

その感覚を失いつつある現代人に、『今昔物語集』の少年は、カツをいれてくれます。私自身、この少年の話を思い出して、決意した出来事がありました。それは、私の膵臓ガンが判明した時でした。膵臓ガンの五年生存率は、その時は四%でした。今は、六%になり、生存率が少し上がっていますが、難治ガンであることには変わりありません。

その時、私は二人の医師に相談しました。一人の医師は、「膵臓ガンは助かる見込みのないガンですから、このままでいましょう」とおっしゃる。つまり、座して死を待つという道です。もう一人の医師は、「どんなことがあっても、手術を受けなさい」とチャレンジする道を勧めます。助かる見込みが少しでもあるなら、それに懸けるという道です。

私は、その時、『今昔物語集』の「どのみち死ぬなら、やってみる」の話の数々を思い出したのです。そして、外科手術を受けました。全身がガン細胞に占領される前に、先制攻撃を仕掛け、ガン細胞の増殖をくいとめる作戦です。勝つか負けるか分かりませんが、やってみる価値はある。そう思って、手術を受けたのです。その経緯は、拙著

『大学教授がガンになってわかったこと』（幻冬舎）に記してありますので、興味のある方はどうぞ。

命がけで挑戦した時は、大抵勝ちます！　人間の力というのは、それほどのものを持っている。私は、そう思っています。また、一回目の挑戦がダメであっても、命さえあれば、二回目、三回目の挑戦ができるのです。

『今昔物語集』の少年の話は、チャレンジし続けるエネルギーを、現代人に思い起こさせてくれる、いい話です。

リーダーは部下を奮い立たせる
——『今昔物語集』(5)

『今昔物語集』のできた平安時代末期には、武士たちはまだ社会の上層にのし上がっていません。でも、着々と力をつけ、初々しく内容のある武士道を形成しつつありました。『今昔物語集』に登場する武士たちは、粗野ですが、大胆で人間的な魅力をそなえています。ここでは、次の時代の息吹を感じる話を取り上げて、この本の終章にしましょう。

『今昔物語集』巻二五の第五話で、タイトルは、「平維茂《たひらのこれもち》、藤原諸任《ふぢはらのもろたふ》を罰《う》つこと」です。

敵前逃亡した沢胯

藤原実方《さねかた》が、東北地方の国司になって下った時のこと。平維茂という武勇に富んだ武士がいた。通称は、「余五《よご》」の君。一方、藤原諸任《もろとう》という武士がいた。通称は、「沢胯《さわまたの》四郎《しろう》」。ともに、実方の治める領地内の武士である。

二人は、些細な領地争いから、仲違いをし、おのおの自分の正当性を、国司の実方に訴え出た。だが、残念なことに、決着がつく前に国司の実方が亡くなってしまったのだ。すると、両方に不都合な中傷をする連中がいて、二人の仲は一層険悪になり、ついに広い野原で一戦交えることになった。

互いに軍兵を整える。余五の兵は、三千人。沢胯の兵は千人。すると、沢胯は、勝ち目がないと見て、戦わずに退《ひ》いてしまった。敵前逃亡である。

余五は、沢胯の軍兵が敵に背を向け逃げ出したと聞いて、それみたことかと大気炎をあげた。しかし、余五にしても、長期間軍勢を保持することは難しく、軍兵をみな帰して、警戒をゆるめた。当時の武士たちは、軍事に専従していたわけではなく、日常は農業などを営んでいる。やらねばならぬ仕事が、待っているのだ。

沢胯の不意打ち

沢胯は、軍備を解いて油断をしている余五に、真夜中の不意打ちをかけた。水鳥の飛び立つ音で、余五は、沢胯が攻めてきたことに気づいた。ガバとはね起き、妻子を後ろの山に逃がした。それから自分も家来も武具に身をかためたが、もはや敵に包囲されている。敵は、余五の屋敷のあちこちに火をつけた。全員、家に閉じ込められたまま、焼死体となった。沢胯の軍が、数えてみると、男女子供合わせて八〇余人の軀《むくろ》が転がっていた。

沢胯は、意気揚々とひきあげる。途中で、沢胯は、義兄にあたる「大君《おおぎみ》」と呼ばれる人の家に立ち寄って軍兵を休ませてくれと頼んだが、大君は沢胯に確認した、「余五の首を確かにとって、鞍の後輪に結びつけたか？」と。

沢胯は、犬一匹逃がさず焼き殺したので、心配ないと胸を張って言い切った。実は、余五の死骸を探したのだが、どれも皆真っ黒に焼けており、誰の死骸とも見分けがつかなかった。家の中に閉じ込めて皆殺しにしたので大丈夫と思ったにすぎないのだ。

大君は、余五ほど武略に長けた男はいないと思っていたので、沢胯の言葉を信じず、空腹な兵士のための食糧は届けてやるからと言って、門前払いを食わせた。自分まで、巻き添えを食うのは、御免である。

沢胯の軍兵は、小高い丘で休憩した。そこに大君から、大樽に入れた酒をはじめ、たくさんの食物の差し入れが届いた。沢胯の軍は、勝ちいくさに上機嫌。皆、気を許して飲み食いし、死んだように酔い臥した。

余五、家来の前に現れる

ところが、余五は、生きていた！

沢胯に不意打ちを食らって、余五は、走り回って家来たちに指図しながら奮戦した。これ以上、戦っても無駄と思った時、余五は下

図36　沢胯の不意打ちもかくやと思われる。（「平治物語絵巻」三条殿夜討の巻。『図説　日本の古典9　平家物語』集英社より）

女に変装して、くすぶっている煙にまぎれて、屋敷の後ろの川に飛び込んだ。注意深く泳いで対岸近くの葦の茂った場所に行き、そこに隠れていた。余五は、川の中で、己れの油断を後悔し、これからの方策を練っていたに違いない。

沢胯の軍兵がひきあげた後、夜討ちを聞きつけた余五の家来たちが次々に馳せ参じ、六〇人ほどにもなって涙にくれていた。もはや、沢胯の軍勢は引き返してくることはなさそうだ。余五は、川の中から這い上り、彼らの前に姿を見せ、言った、「おれは、ここにいるぞ」。

彼は、自分の考えを実行するのに必要な人数が揃い、彼の決断を受けいれる心理的な下地のできる頃合いを読んでいたに違いない。

家来たちは、うれし泣きをした。彼らは、自分の家から着物や食べ物、弓矢を持って来させたので、余五をはじめ、家来たちは、すっかり衣装を改め、十分に食事をとった。

家来の意見を聞く

余五は、そこに集まっている家来たちに、今までの事情を話した。「わしは、昨夜、襲われた時、初めは山に逃げ込んで、命を全うしようと思った。だが、逃げたという汚名を世にとどめまいと思い、一晩中、川の中で耐え忍んでいた。おまえら、これからどうしたらいいと思うか？」と。

家来たちは、答える、「敵は大勢で、四、五百人ほどもいます。味方は、わずか五、六〇人にすぎません。後日、軍勢をととのえて、戦うのがよろしかろうと存じます」と。

これを聞いて、余五は何と言ったか？

自分の見解を述べ、指針を与える

とても重要な箇所なので、少々長いですが、原文で示しておきます。現代語訳だけでもどうぞ。

余五《よご》此《これ》を聞《き》きて云《い》はく、「尊達《みことたち》の云《い》ふ所《ところ》、最《もと》も然《しか》るべし。但《ただ》し我《わ》が思ふ様《やう》に、今夜《こよひ》、家《いへ》の内《うち》にして焼き殺されなましかば、只今《ただいま》まで命存《いのちそん》せむか。構《かま》へて此《か》く遁《のが》れたれば、生きたるには非《あら》ず。一日《いちにち》にても尊達に目を見せむずれば、極《きは》めたる恥《はぢ》なり。然《さ》れば、我、露《つゆ》ばかり命を惜《をし》まず。尊達は、後《のち》に軍《いくさ》を儲《まう》けて戦《たたか》ふべきなり。我に於《おい》ては、只《ただ》一人《ひとり》彼《かれ》が家《いへ》に向《むか》ひて、『焼き殺しぬ』と思はむに、『此《か》くも有りけり』と見へて、一《ひと》度《たび》の箭《や》を射《い》懸《か》けて死なむと思ふなり。乃至《ないし》子《し》孫《そん》まで此《これ》は極《きは》めて恥《はぢ》には非《あら》ずや。後《のち》に軍《いくさ》を発《おこ》して罸《う》ちたらむは、極《きは》めて弊《あし》かりなむ。命惜《を》しからむ尊達、来《く》べからず。我《われ》一人は行《ゆ》きなむ」と云《い》ひて、只出《ただい》で立《た》ちに出《い》で立《た》つ。

（＝余五は、これを聞いて言う、「おまえたちの言うことはまことに尤《もっと》もだ。だが、おれが思うには、もし、おれが昨夜家の中で焼き殺されたとしたら、今まで命があっただろうか。

どうにかやっと危地を脱したわけだから、これでは生きている身とは言えない。一日でも、おまえたちにこんなざまを見せたとすれば、この上ない恥だ。だから、おれは、これっぽちも命が惜しいとは思わぬ。

おまえたちは、後日、軍勢をととのえて戦うがいい。おれとしては、たった一人でもやつの家に向かい、『おれを焼き殺した』と思っているやつらに、『おれは、このように生きているぞ』と見せてやり、一矢なりとも射かけて死ぬつもりだ。そうでなければ、子々孫々まで、このうえない恥ではないか。

後日、軍勢をととのえて討つなどは、とても拙いやり方だ。命の惜しいやつは、ついてくるな。おれ一人で行くぞ」。そう言って、さっさと出かけて行こうとする。)

家来の士気を高める

主人の勇敢な決断の前に、「後日、戦おう」と意見を述べた家来たちも一斉に奮い立った。動揺している家来たちに、一つの強固な指針を示し、家来たちを納得させ、一致団結の気持ちを作りあげたのだ。

さらに、「命の惜しいものはついてきてはいけない。おれ一人で行くぞ」という発言は、リーダーとしての意気込みを明確に示し、「一人でも行くのだ」という強い気持ちを示す。家来たちは、主人が一人でも行くと言っているんだから、自分も行かなくてはと雪崩《なだれ》を打って賛同し、士気は、いやがうえにも高まっていく。

沢胯の軍隊を討つ

次々に駆けつけた兵も入れて、その勢、百騎。短時間で百騎に増えるのは、平常時から、余五の人望が厚かったことがうかがえる。相手は、四、五百騎で、四倍から五倍の数。余五は、出陣の前に、敵陣の姿を見通し、次のように述べて味方の軍兵を鼓舞する。

「やつらは、一晩中の戦いに疲れ切って、川のほとりか丘の向こうの原っぱで、死んだようになって寝ているだろう。馬からは轡《くつわ》を外し、秣《まぐさ》でも食わせて休んでおろう。弓なども外して油断しているだろう。そこに鬨《とき》の声を上げて押し寄せれば、たとえ、千人の軍隊であろうともどうということはない。もし、今やらなかったら、いつの日にやれるのか」

余五は、ちゃんと相手の状況を読み、作戦を立てていたのだ。それを家来たちにも伝え、確固たる指針を与えた。余五の予想は的中。沢胯の軍隊は、丘の上でぐでんぐでんに酔っぱらって寝ていた。余五の軍隊が押し寄せると、ひとたまりもなく逃げ出した。沢胯の首も射取った。

義理を立てる

その後、余五は全軍を率いて、沢胯の屋敷に向かい、沢胯の妻と侍女一人だけを外に連れ出し、沢胯の妻には市女《いちめ》笠《がさ》をかぶせて顔を隠して誰と分からないような配慮をした。それから、屋敷に火を放つ。余五は命じる、「女であれば、上下を問わず手にかけるな。男という男は見つけ次第射倒せ」と。

屋敷は、焼け落ち、日暮れ頃に戦いに勝って、余五の軍は解散した。余五は、帰宅途中に大君の屋敷の門に立ち寄り、沢胯の妻を侍女とともに引き渡した。沢胯の妻は、大君の妹君だった。余五は、皆に尊敬され一目置かれている大君には、礼を尽くして対処した。余五は、その後、関八州に名をあげ、並ぶ者なき武人とほめたたえられた。

以上が、この話の骨子です。

武士道への始動

この話から、私たちは、平安末期に形成され始めている初々しい武士道の実態を知ることができます。この説話の余五の取った態度からうかがえる武士道とは、次の六項目です。

①逃げるのは、子孫までの恥である。
②逃げて情けない姿で生きるより、死を選ぶ。
③恥を雪《そそ》いでから、死ぬ。
④敵の大将の首は、証拠として必ず取る。
⑤女や子供は討ってはならない。
⑥尊敬している人には、義理を立てる。

武士道は、鎌倉時代以後、本格的に発達していきますが、『今昔物語集』は、その前段階のまだ自由度の高い武士道の萌芽を見せてくれます。初々しくまだ柔らかく実質のある武士道です。

『今昔物語集』は、貴族の時代の後にやってくる武士の時代の先駆けの様相を伝える貴重な作品です。

現代にも通用するリーダーの条件

さらに、この話は、現代にも通用するリーダー像を提示しています。特にリーダーらしいリーダーに出会うことの少ない現代には有益な話です。

たとえば、現代では、こんな相談がよく見られます。「私の勤めている会社の上司は、部下の面倒を見ないどころか、重要な仕事も部下にやらせて、その成果を横取りし、自分の手柄のように振舞います。リーダーは、リーダーらしい振る舞いがあると思うのですが……」のような相談ですね。

確かに、リーダーは、そんなみみっちい狡《ずる》をしてはいけませんね。でも、そういうリーダーも、実は悩んでいるのかもしれませんよ。自分の力のなさをカバーしようと必死になっているのですから。

皆に尊敬されるリーダーになるには、この話に出てきた余五の言葉や振る舞いこそ、参考にすべきです。余五は、次のような行動をとっていました。

①部下を見捨てて、自分だけ逃げるようなことをしない。

最初は、不意打ちを食らって、負け戦でしたが、余五は最後まで部下とともに戦っていました。戦いをあきらめた時も、余五は裏山に一人で逃げたりしないで、冷たい川中に、身を潜めて耐え、部下の前に出て行くチャンスを狙っています。

②自分の失敗を認め、部下に信頼感や親近感を与える。

余五は、屋敷外にいた部下たちが集まって来て、再起できそうな人数になった時、部下の前に出現しています。彼は、部下を見捨てて逃げたりしなかったということを知らせ、部下の信頼をまず回復させたのです。

さらに、部下に今の自分の心境を話しています。油断をしたために負けてしまったことが、悔しくて仕方がないと。自分のミスを、部下に語ることで、部下に親近感を覚えさせる技《わざ》を使っています。

③部下の意見を聞き、部下に自分の力を自覚させる。

次に、部下に意見を聞いて、部下に考えさせています。そして、部下の申し立てた意見に、余五は、「まことに尤もだ」と理解を示しています。

部下一人一人に対処法を考えさせることは、部下のやる気を引き出す大事なポイントです。考えさせられたことによって、部下は自分の力に目覚めます。その力を一致団結させれば、大きな力が生まれます。

④リーダーの決断と見通しを述べる。

余五は、部下の意見に耳を傾けた後、それとは異なる自分の見解を提示しています。その見解は、それまでに蓄えてきた知見と経験に基づく見通しのあるものなので、部下は「なるほど」と納得し、リーダーについていく気持ちが高まります。

⑤部下たちの自己決定感を尊重する。

余五は、自分の考えを、部下全員に強制するのではなく、あくまで自分の意見に賛成する部下だけでいいと言い切っています。部下一人一人の主体的な判断に任せています。つまり、部下たちの自己決定感を尊重したわけです。自己決定感が高いと、部下は、やるしかないという強い気持ちになるからです。

以上にあげた五項目をもう一度眺めてください。実行するのに、時間がかかる項目は、④の「リーダーの決断と見通しを述べる」だけです。勝算のある見通しを述べることができるようになるには、ある程度の経験を積み、勉強しないといけないからです。

でも、残りの①②③⑤は、その気さえあれば、すぐに実行できるものです。①は、「部下を見捨てて、自分だけ逃げるようなことをしない」。②は、「自分の失敗を認め、部下に信頼感や親近感を与える」。③は、「部下の意見を聞き、部下に自分の力を自覚させる」。⑤は、「部下たちの自己決定感を尊重する」。どの項目も、すぐに着手できるものばかりですね。特に、②を早々に実行すると、部下に慕われるリーダーになること、請け合いです。

皆に敬愛されるリーダーになるのは、そんなに難しいことではなく、こうした条件を実行に移せば、誰でもなれるのです。『今昔物語集』の話から、こんなふうにリーダーになる方法が学べるなんて、予想もしなかったと思います。

日本古典を読むことは、この日本列島で生活し経験を重ねた人々の英知と勇気を頂く、貴重で重要な行為なのです！

あとがき

この本が生まれたのは

二〇二二年五月四日の日本経済新聞に「日本の古典、世界に通ず」というタイトルで、私へのインタビュー記事が掲載されました。それは、古典がいかに日本人に自信を与えてくれるか、学校での古典の教え方をどう工夫する必要があるのか、なぜ古典を学ぶ必要があるのか、について、私の思いを述べたものです。

それをご覧になった幻冬舎の新書編集長の小木田順子さんが、即座にお電話をくださったのです。あの新聞記事で述べていたような古典の本を書いていただけないだろうかというご依頼でした。

私は、そのインタビューで「古典には、この島国での生活に役立つ教訓、知恵、感性がつまっているんです」と述べて、平安時代の『伊勢物語』や『枕草子』から、具体例を挙げて、身近な恋愛での知恵、斬新な自然に対する感性を説明しました。

そういう本が必要だと小木田さんは、賛同してくださってお電話をくださったのでしょう。

ところが、あいにく、私はその時『日本語学』という専門誌に「日本語が消滅する時」という連載をやっていました。この連載が、予想以上に大変でした。私は、日本語学が専門分野ですから、日本語については詳しい。でも、このテーマは、広く世界の言語状況を押さえなければ、語れないのです。言語学、文化人類学なども学ぶ必要があったのです。二年がかりで連載を完了し、一般の人にも読んでいただける形にして、『日本語が消滅する』というタイトルで二〇二三年六月に幻冬舎さんから出版。編集担当は、以前に声をかけてくださった四本恭子さんでした。

その間、小木田さんはずっと待っていてくださったのです。二〇二三年の九月末頃からこの本の原稿を書き始め、一二月中旬には、ひとまず書きあげました。予想外に早くできたのは、私の専門分野の古典の話だったからです。さらに、現代人の生きる知恵に資するという角度から、古典をとりあげるという視点が定まっていたからです。そのうえ、小木田さんの催促が絶妙だったからです。

平安時代に焦点をあわせたのは

この本では、古典といっても、平安時代の作品に限定してあります。平安時代は、日本人がひらがな・カタカナを作り出し、話し言葉を自由に文章に写せる術《すべ》を手に入れた時代です。それまでは、文章を書きたくても漢字しかない。漢字は、中国の文字ですから、日本独自のものを表現するには、限界があります。いきいきした話し言葉は、絶対に写せない。

だから、漢字で書くよりも、語り伝えた方がよほど臨場感あふれるものになっていた。『竹取物語』も『伊勢物語』も『大和物語』も、それまで語り伝えられてきた話を、ひらがなができてから、文章化していった作品です。ひらがな・カタカナができるまで、日本人は、書くためのエネルギーを蓄積していたのです。話し言葉を自在に写せる文字を手にしたことで、平安時代は、爆発するかのように、優れた作品が矢継ぎ早に書かれて行きました。

そこには、現代人にも有用な知恵と考え方と感性が詰まっています。この本では、『竹取物語』から始まって、『源氏物語』を頂点に、そして最後は、武士の時代の到来を感じさせる『今昔物語集』までを扱って、現代人に役立つ知恵を追究してきました。

「分かってるよ〜、もう読んだから」とおっしゃる声がどこからともなく聞こえてきました。まあ、うれしい。最後までお付き合いくださったんですね。本当にありがとうございます。

山口仲美　記す

二〇二三年一二月一三日

著者略歴

山口仲美《やまぐちなかみ》

一九四三年生まれ。日本語学者。
お茶の水女子大学卒業。東京大学大学院修士課程修了。文学博士。
埼玉大学名誉教授。日本語検定委員会理事。二〇二一年文化功労者。
古典語から現代語までの日本語の歴史を研究。
とくに『犬は「びよ」と鳴いていた』（光文社）、
『ちんちん千鳥のなく声は』（大修館書店）など、
擬音語・擬態語の歴史的研究は、高く評価されている。
論文「源氏物語の比喩表現と作者（上）（下）」で日本古典文学会賞、
『平安文学の文体の研究』（明治書院）で金田一京助博士記念賞、
『日本語の歴史』（岩波書店）で日本エッセイスト・クラブ賞受賞。
ほかに『日本語が消滅する』（幻冬舎）など多数の著書がある。
また、「日本語に関する独創的な研究」が評価され、二〇二二年に日本学賞を受賞。
二〇〇八年紫綬褒章、二〇一六年瑞宝中綬章を受章。

幻冬舎新書 730

千年たっても変わらない人間の本質

日本古典に学ぶ知恵と勇気

二〇二四年五月三十日 第一刷発行

著者 山口仲美

発行人 見城 徹
編集人 小木田順子
発行所 株式会社 幻冬舎
〒一五一―〇〇五一 東京都渋谷区千駄ヶ谷四―九―七
電話 〇三―五四一一―六二一一（編集）
〇三―五四一一―六二二二（営業）
公式HP https://www.gentosha.co.jp/
ブックデザイン 鈴木成一デザイン室
印刷・製本所 株式会社 光邦

Printed in Japan ISBN978-4-344-98732-6 C0295
や-9-3

*この本に関するご意見・ご感想は、左記アンケートフォームからお寄せください。
https://www.gentosha.co.jp/e/